油桐花女孩

夏桐　女　十七歲

烏黑的長髮與水汪汪的眼睛十分討喜，氣質出眾的樣子遺傳自媽媽，骨子裡充滿對律動還有音符的敏銳度，小小年紀的她為了夏家竭盡心力又懂事的樣子常常令人感到不捨。

朱靜亞　女　四十歲

小有名氣的旅遊作家，雖然經常被出版社的主任催稿，但她的文字非但能撫慰人心又能激勵人們的鬥志，彷彿有魔法一般。

李悅瑩　女　四十歲

靜亞的姐妹淘，也是悅瑩芭蕾舞團的老師，夢想帶出世界第一的芭蕾舞團。但是隨著芭蕾舞團間的競爭，使得經費漸漸出現問題，透過靜亞的介紹來到油桐村。

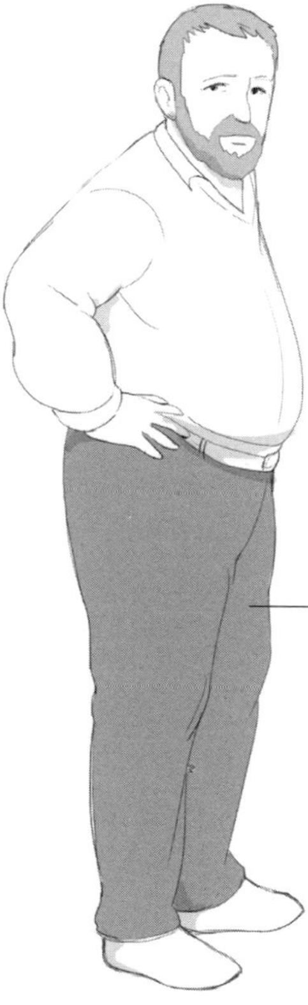

陳三郎　男　六十歲

桐花村的村長，也是幫助夏家最多的人。最大的特色是留著山羊鬍，有「仙風道骨」的感覺。

夏國平　男　五十歲

小桐的爸爸，為人忠厚老實，職業是木匠。上有年事已高的雙親，下有兩個兒子正在唸書，有高超的建築手藝，卻在一次施工過程從三樓摔下，導致半身不遂。

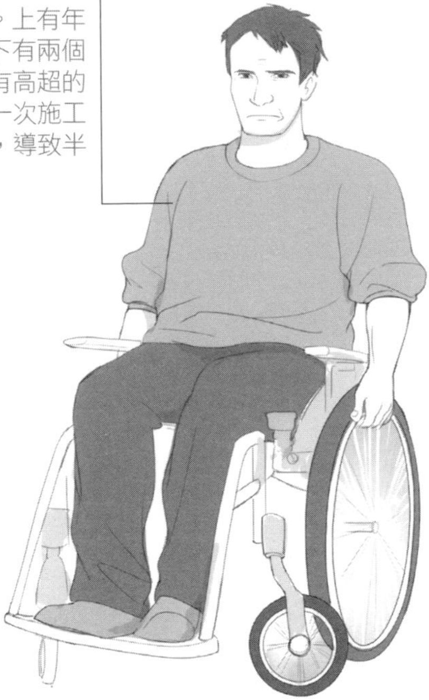

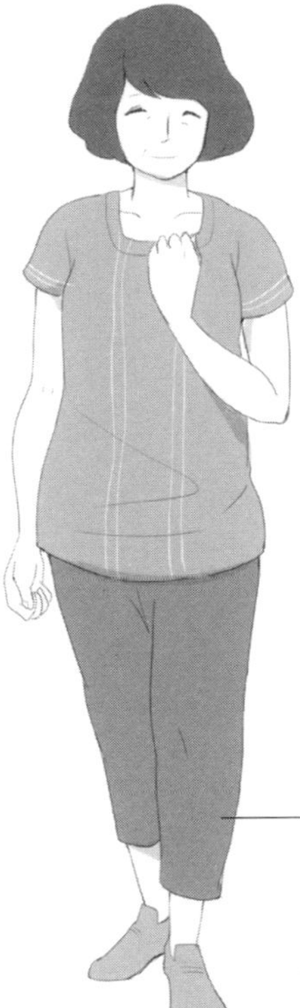

申茗香　女　四十歲

小桐的母親，在丈夫發生意外之後決定到他鄉努力打拼。

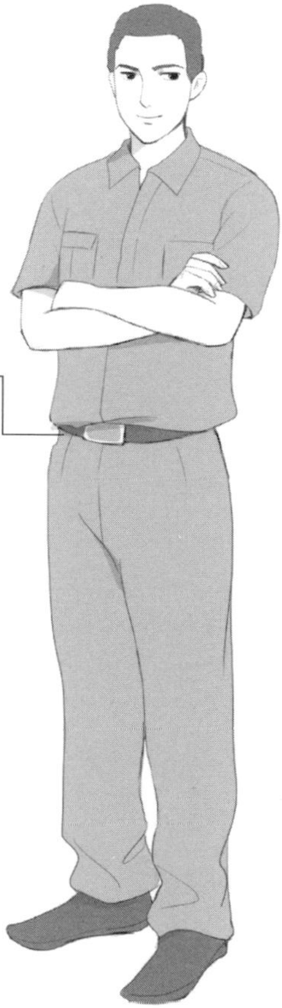

夏承皓　男　二十三歲

夏家的兩兄弟，對小桐疼愛有加，兩人對於唸書都十分盡心盡力，大哥就讀軍校，二哥則被醫學院錄取。

夏承翰　男　二十一歲

目次

【第一章】漫天歡喜

「呼！終於到最後一站了。」拿起相機對著滿山遍野的油桐花，調整焦距並按了好幾下的快門，身為旅遊作家的靜亞在四月底的此時完成自己的環島之旅，她滿意的看著自己的攝影成品，臉上露出喜悅的神情。

「這下主編應該會很滿意。」靜亞環顧四周隨風搖曳的油桐花，最後一站選擇這裡還真是選對了。

「轟轟轟——」遠處陣陣春雷響起，烏雲漸漸聚集，不久便下起了毛毛雨，靜亞連忙收起行囊，往先前訂好的旅館跑去。

「淅瀝淅瀝淅瀝」，還沒見到旅館，毛毛雨竟變成大雨，還好前方不遠處有一座教堂，靜亞小跑步的跑上階梯，站在屋簷下躲雨。

「這種陣雨雖然很討厭，但是等等就停了喔！」正當靜亞拍掉身上的雨水時，身後出現一個女孩，瘦瘦的身材、明亮的眼睛、頭髮紮成兩條長長的辮子垂掛在兩肩，雖然稱不上可愛，但卻十分清秀。

「嗯！謝謝妳。」靜亞一邊整理手邊的東西，一邊漫不經心的回應著。

「咦？我的相機呢？」靜亞赫然發現自己的相機不見了，急著把行李袋裡的東西全都倒出來，瞬間教堂前的長椅堆滿了靜亞的雜物。

「慘了，這一路上的照片都記錄在相機裡，如果相機不見我就慘了，主編一定超生氣的。」急著尋找相機的靜亞沒發現身後悄悄的出現了一個身影。

「那個……」靜亞身後的身影輕輕的發了一點聲音。但是外頭又是打雷又是雨聲，靜亞壓根兒沒注意到那細小微弱的聲音。

正當她專心找東西的同時，突然一陣響雷「轟」的一聲，讓靜亞下意識的摀住自己的耳朵，就在此時一隻手突然搭在她肩上，害她「啊！」的一聲整個人抖了好大一下。

「對……對不起，我嚇到妳了。」說話的是一個約莫十六、七歲的女孩。

「咦？妳不就是剛才站在旁邊的那個妹妹嗎？哎唷！嚇到我了。」靜亞定神之後便開始收拾亂七八糟的行李。

「這個……」女孩在這個時候從包包裡拿出一台相機。

「唉呀！我的相機！謝謝妳唷！」靜亞接過相機後連忙跟女孩道謝。

「不客氣，我剛剛看到妳在拍油桐花，結果突然下雨了，妳就順手把相機放在公園的椅子上，好像淋到雨了。」女孩笑著說。

「那慘了！」靜亞連忙測試相機的功能，果然不能用了，但是能夠找回相機她已經十分謝天謝地，記憶卡似乎也沒有損壞。

正當靜亞準備向女孩再次道謝時，她已不知去向。此時的大雷雨也停了，天邊出現一道彩虹，折射著陽光的美麗。雨水滑過葉緣，滿山油桐花被陽光照射得閃閃發亮，靜亞拿起手機，將這幅美麗的風景拍了下來。

回到旅館後的她連忙測試相機的記憶卡，幸好沒有壞掉，於是她把照片用電子信箱傳給總編，並且告知明天一早即將啟程回台北，但她當晚收到了總編的回信時卻改變了接下來的計畫。

信裡說：「這一趟旅行下來辛苦妳了，每個定點的故事性都不錯，預估大概可以做個幾期的期刊不是問題，不過……雖然妳在油桐村裡拍的照片很棒，但美中不足的卻是它沒有故事，妳就在那邊多待幾天吧！就算沒有任何可歌可泣的故事，至少等到五月，花開得最美的時候，帶點五月雪的傳說回來。」

於是靜亞「奉旨」待在油桐村裡。

第二天一早靜亞向旅館櫃檯人員詢問了村長辦公室的方向，買了一盒水果前往拜訪村長。

一進到村長辦公室，她便看到一位鬍子頭髮都白了的老人，那種仙風道骨又穩重的樣子讓她馬上就知道他是村長。

靜亞遞出自己的名片並說明來歷：「您好，我是好書好誌出版社的編輯人員兼作家，我想為油桐村寫些故事。」

「歡迎歡迎，不過我們這小小油桐村大概也沒什麼故事可以寫，等到五月也許妳就能看到開得更漂亮的桐花。這樣吧！不如我先帶妳四處走走，也許會有些靈感也說不定呢！」村長接過名片後便起身帶著靜亞四處晃晃。

油桐村其實不大，從村頭到村尾走路不過半個小時。但是美就美在整個村莊的外圍種了許多油桐樹，所以每到油桐花的季節，滿山遍野都會開滿了美不勝收的油桐花，當風一吹，白色的花瓣隨風飛揚，就像飄起雪一樣。

整個村莊最具代表的則是中央公園的那棵油桐花大樹，它比一般的油桐樹都粗大上好幾倍，上面還綁滿了許多紅色與黃色的絲巾。

「這棵油桐樹是在我爺爺那個時代就已經有的大樹，是整座村莊的守護神。我爺爺說之前台灣人被日本人徵招到南洋去當兵，許多婦女便在這棵油桐樹的右邊繫上黃絲巾，因為右邊朝向太平洋，期盼她們的家人太平歸來。然後每當村裡發生喜事時，就會在左邊綁上紅絲巾，討個喜氣。」村長摸著自己的山羊鬍，看著那棵巨大的油桐樹說著。

一旁的靜亞邊聽邊做筆記，還不時拿起相機拍了幾張照片。

此時眼尖的她發現不遠處有個女孩，而且還一眼就認出她正是昨天幫過自己的人，便下意識的開口問村長關於那個女孩的事情，沒想到村長只是嘆了好長的一口氣便靜默了。

「村長，不好意思，是不是有什麼不方便說的事情呢？」靜亞見村長沉默不語便更好奇的問。

「不，沒什麼方不方便，只是很替那孩子感到不捨，她叫夏桐，八年前的五月……」於是村長便開始向靜亞陳述一切。

八年前的五月，申茗香帶著只有八歲的女兒經由別人作媒而嫁入夏家，整個油桐村的村民們張燈結綵，因為村裡手藝一等一的建築師要續弦了呢！

這天晚上在夏家的三合院裡辦了好幾桌的酒席，幾乎全部的油桐村民們都來參加，直到深夜，雖然人群漸漸散去，不過還是有留下來的人，他們全都是新郎——夏國平平時深交的好兄弟，大家都喝得意猶未盡。

「哈哈哈！恭喜你啊！國平，讓你尋覓到了一位美嬌娘啊！」觀光餐廳的陳經理舉著酒杯說。

「是啊！還有一個這麼可愛的女兒。」國平看著坐在自己腿上，吃得杯盤狼藉的女兒——夏桐，心裡覺得很窩心，大概也彌補了心裡那塊沒有女兒的缺憾。「謝謝！謝謝！感謝各位的捧場，出席小弟的婚禮，那我先乾為敬，謝謝你們的祝福啦！」國平捧著酒杯道謝。

「爸爸！我想睡覺。」

才剛喝完「道謝酒」，坐在腿上的小桐就喊著想睡。

「唉唷！看吧！你們小桐想睡了呢！好了！好了！我們也快讓新人休息吧！都十二點多了，再不休息明天會累壞的！」村長也起身吆喝著其他還留在夏家的人。

「對耶！都這麼晚了，打擾到大哥大嫂我們真是太不應該了。快快快！走了走了！」其中一個理著平頭的男子說。

「別這麼說，你們肯賞臉來參加這場喜宴，我就很開心了！」國平也跟著起身。

「老公，我先抱小桐去睡覺，客人就麻煩你招呼一下了。」茗香在國平身邊耳語幾句後，便抱著小桐進到屋裡。

也許是因為年紀小，所以小桐對一切新的事物都感到好奇與新鮮，躺在床上小桐的精神反而比剛剛在吃飯時還要好。

「小桐，不是想睡覺嗎？怎麼還不睡呢？」茗香問。

「因為小桐很喜歡這裡，所以睡不著。」小桐張著大眼睛說著。

「呵呵呵！妳喜歡這裡呀？所以妳也喜歡新的家人囉？」茗香坐到小桐身

邊問。

「嗯！兩個哥哥對我都很好喔！他們今天有給我糖果。早上妳穿得很漂亮的時候，奶奶也拿那件很漂亮的衣服給我穿。」小桐指著剛才換下來的白色小洋裝說。

「那很棒呢！看樣子大家都很喜歡妳唷！」茗香說。

「媽媽！爸爸說他明天要給我新衣服，還要讓我去上學跟學芭蕾舞耶！」小桐像突然想到什麼似的開心講著。

「真的嗎？太好了！那妳就可以跟小朋友一起跳舞了呢！」茗香也笑著，她沒想到丈夫竟然這麼投資這個不是他親生的女兒。

「嗯！」小桐很開心，因為之前看到別人跳芭蕾舞的舞姿時，就讓她也好想一起去跳芭蕾舞。

「那妳要快點睡，不然明天起不來就沒有新衣服了喔！」茗香半哄半騙，讓小桐趕緊閉上雙眼睡覺，畢竟小小年紀能撐到午夜十二點多，明天還真不知道能不能夠準時起床。

「好！媽媽晚安。」小桐閉上眼睛沒過多久，就聽到「呼嚕呼嚕」的打呼聲，茗香這才放心的離開小桐的房間。

隔天一早，小桐果然見到爸爸替她準備了新的書包和新的制服，連文具用品都是新的。她開心得蹦蹦跳跳，直跟爸爸說謝謝。

「小桐，什麼事情讓妳這麼開心啊？」此時村長摸著長長的白鬍從門外走進來。

「村長爺爺！」小桐看到村長立刻跑到他身邊。

「你看，爸爸買給我的新衣服。」小桐在村長前面轉了一圈，兩條長長的辮子也隨著她搖晃起來。

「好漂亮呢！小桐看起來真可愛。」村長拍拍小桐的頭，轉身對著國平跟茗香說：「我今天送小桐去上課吧！茗香剛來到油桐村不久，國平，你就帶她四處走走吧！」

「這……」茗香似乎不放心將女兒交給自己還不熟稔的村長。

「老婆，放心吧！村長為人公正，更何況他在這油桐村可是十分受人愛戴的呢！只是帶小桐去上課，不會有事的。」國平看出茗香的擔心，拍了她的肩這麼說著。

「好吧！村長，我家小桐就有勞您了！」茗香向村長鞠個躬，交代小桐要聽話之後，便讓村長帶著小桐去上課了。

小桐正值活潑可愛的年齡，一路上蹦蹦跳跳的，頭上的小黃帽掉在地上好幾次，小桐索性就拿著它了。快到學校的時候，突然吹來一陣微風，隨風搖曳的桐花被吹落了幾朵。

「村長爺爺，那白白的花是什麼花啊？」小桐撿起一朵完整卻被吹落的桐花看著村長問道。

「小桐，那是油桐花喔！每年到了這個季節，油桐村旁的桐樹就會開滿桐花，隨著風翩翩起舞。」村長摸著鬍子笑著替小桐解釋。

「桐花呀！好像雪喔！」小桐將撿來的油桐花放在書包裡。

「是啊！油桐花又叫做『五月雪』，小桐想不想知道桐花的花語呢？」

「想！村長爺爺你知道呀？」

「哈哈哈！當然知道，油桐花的花語是『漫天歡喜』，村長爺爺希望小桐不論未來遇到什麼困難，都能讓自己像油桐花一樣，潔白而且時常保持歡喜心。」

「好！因為小桐也是桐花呀！」小桐笑著說。

「時間快到了，進去上課吧！」村長催促著小桐，他可是有責任將小桐平安送達學校的呢！

「嗯！村長爺爺再見。」小桐向村長行個禮之後，三步併作兩步的朝著教室跑去。

小桐非常珍惜這得來不易的上學機會，不但努力的學著芭蕾舞，常常參加許多舞蹈表演跟夏令營；讀書方面也十分用功，第一學期考了全年級第三名，奶奶還為此送了一個上面鑲著桐花的別針給她呢！除了學習，她還包下了部分家務，一有空就幫哥哥們洗衣服、幫媽媽整理家務、幫爺爺奶奶搥背按摩，夏家人可是逢人就誇：「老天對自己真好，給夏家一個這麼懂事貼心的女兒。」

【第二章】破碎的幸福

村長說到這裡便停了下來，又深深的嘆了一口氣。

靜亞的筆記本上雖然密密麻麻都是字，但是小桐的故事卻讓她感到新奇，尤其是在聽完村長描述小桐家是多麼幸福，但他卻又不停的嘆著氣時，好奇的她便問：「這麼幸福的家，為什麼您要嘆氣呢？」

「他們家是很幸福沒錯，如果沒有一年前的意外……他們是很幸福的。」村長的眼神充滿不捨，仔細的向靜亞娓娓道來那段往事。

小桐在夏家一直過著很幸福的日子，爺爺奶奶疼著她，爸爸媽媽寵著她，兩個哥哥對於這個新來的小妹妹更是愛護有加，只要有任何好處都會想到她。

雖然多了茗香與小桐母女二人吃飯、開銷，但是夏國平的建築技巧與手藝可是不在話下的。國平自己開了一間小小的建築公司，雖然身為建築隊的負責人的確辛苦了點，但是看到再娶的妻子跟可愛的女兒，夏國平一直覺得辛苦也無所謂。

他除了平日擔任工地的總監工兼負責人之外，假日還會帶著自己的建築團隊到別的地方賺些外快，讓夏家的生活水平得以維持。

而小桐除了幫忙家裡做些雜事之外，還很努力讀書、練舞，對於未來她有很多想法，她要成為一流的芭蕾舞者，能在國家演藝廳裡演出一場又一場轟動的表演。

就這樣，夏家一直沉浸在幸福的日子裡，直到小桐國中畢業的那一個暑假……

「不好意思，請問是夏國平的家屬嗎？」這天正當小桐與媽媽在家裡整理稻穀時，一位穿著警察制服的人走進來。

「是的，我是他太太，請問有什麼事嗎？」媽媽看到警察來訪，立刻放下手邊的工作，用圍裙擦了擦手並走了過來。

「這是我的證件，不好意思，可以請您跟我走一趟嗎？」警察出示證件之後表明來意。

「警察叔叔，請問怎麼了嗎？」突然一陣不安感浮上小桐的心頭。

「夏先生在工地出了意外，現在人躺在醫院裡昏迷不醒，醫生說有可能需要動大手術。」警察快速的說完這段話，而小桐與媽媽則是一臉難以置信的樣子。

「總之，請你們跟我走一趟醫院吧！」警察催促著，小桐與媽媽便馬上收拾一些簡單的東西，跟著警察來到醫院。

「請問哪位是夏國平的家屬？」穿著白袍的醫生從急診室裡走出來。

「我是，我是他太太，醫生，我老公沒事吧？」媽媽拉著醫生的手，著急的問著。

「夏先生從三層高的工地摔下來，傷到骨頭與筋，恐怕……」醫生說到這裡變得吞吞吐吐。

「恐怕什麼？」小桐催促著醫生快說。但是此時的媽媽卻如同遭受晴天霹靂一般，搖晃著身子站不穩。

「恐怕他可能會半身不遂。」醫生慢慢的說，但聽在小桐與媽媽耳裡卻是多麼大的打擊，茗香跌坐在地上，眼眶開始泛紅，不到眨眼的時間，斗大的淚珠滾滾而下。

「媽！」小桐蹲在媽媽身邊，看到媽媽的淚水不停的滴落，小桐也跟著哭了起來。

「有生命危險嗎？醫生！會不會有生命危險？」茗香像想到什麼似的，使勁的拉著醫生的白袍狂叫著。

「夏太太，請您冷靜點。只要夏先生從昏迷中醒過來，就會脫離險境，而且雖然機率很低，但是只要持續做復健，還是有希望可以重新走路。」醫生見狀連忙安撫小桐與茗香的情緒，在一旁的警察也幫忙扶起茗香。

「謝謝醫生！」小桐向醫生道過謝之後便在媽媽的身邊坐下。

她沒辦法說什麼，只能陪著媽媽悲傷落淚。

小桐知道媽媽心情難過，但爸爸出事自己何嘗不擔心呢？可是現在的她卻什麼都做不到。

「茗香啊！」不久之後傳來奶奶的聲音。小桐與媽媽抬頭一看，爺爺、奶奶、村長、兩個哥哥還有隔壁的王大嬸跟陳伯伯都來了。

「國平的狀況還好吧？」奶奶一看到媽媽馬上問了爸爸的狀況。

「醫生說……只要醒過來……就沒有……沒有……危險。」媽媽吃力的說完這些話，大家都知道她在忍著自己的悲傷。

「小桐，爸爸怎麼樣了？」正當長輩們在說話時，兩個哥哥把小桐拉到一邊。

「大哥……二哥……」小桐看著哥哥們關切的眼神，終於忍不住的撲到大哥懷裡，「哇」的一聲嚎啕大哭。

「好了好了！乖喔！小桐乖。」看著自己疼愛的小妹妹哭成淚人兒，兩個哥哥不免也感到鼻酸，這還是小桐進到夏家第一次哭得這麼聲嘶力竭。

「爸爸……爸爸他……他……」小桐難過得連話都講不出來，而哥哥們也只能拍著她的肩，輕聲的安慰著。

整個病房外面愁雲慘霧，爺爺奶奶聽完之後坐在椅子上不停嘆息；一旁的王伯伯忙著安慰他們；媽媽在王大嬸懷裡低頭啜泣著；小桐哭成淚人兒；兩個哥哥眉頭連鬆都沒鬆過。

過了一個星期，爸爸依然在昏迷中，這天小桐與媽媽回家收拾一些換洗衣物，才剛踏進家門就看到兩個西裝筆挺、梳著油頭的人坐在客廳裡。

「請問有什麼事嗎？」媽媽的警戒心提升到最高，戰戰兢兢的問著。

「您好，我們是與夏國平先生合作的建商，我是總經理，這一位是我的助理。

對於夏先生發生的意外我替董事會帶來最大的誠意關心他。」其中一個看起來位階比較高、西裝筆挺的男子拿出名片並表明來意。

「哦！你們好，請坐吧！」媽媽接過名片並招呼著他們。

「不了，我們只是帶來些消息，說完就走。」

「嗯！是什麼事呢？」

「這是夏國平先生與我們簽訂的合約書，合約上寫著如果無法如期完成工程，必須要支付違約金一千萬整。我想夏太太您應該對這個也不熟悉，所以今天我特地來這裡向您解釋與說明。雖然夏先生目前無法完成工程，但是只要找到人幫他完成，就可以不需要支付違約金，但請一定要在『期限內』完成。」看著合約上的天文數字，媽媽跌坐在椅子上。

「一千萬……一千萬耶！我們怎麼還得出來？期限……」媽媽喃喃自語一番後仔細看了合約書。

「下個月底？天啊！這實在太離譜了，我們怎麼可能在兩個月的時間之內籌出一千萬呢！這簡直是要了我的命啊！」

說。

「夏太太，我們知道夏先生現在的狀況，但是合約就是這樣，所以請你們盡早找到人幫他完成工程吧！這樣違約金的部分就不需太過擔心了。」總經理說。

「我們會一定會找到人完成接下來的工程，謝謝你。」媽媽回應著。

「夏先生的手藝在業界是一等一的，我會將消息帶回公司，但違約金的部分你們還是要有心理準備，我怕你們找不到跟夏先生一樣水準的人替他完成這項工作。」總經理說完留下合約便轉身離開。

「媽……」小桐看著媽媽蒼白的臉，不知道該說什麼才好。

「茗香……」奶奶從房間走出來，媽媽下意識的藏起合約書。

「傻孩子，妳要去哪裡籌一千萬，妳要去哪裡找人啊！」奶奶摸著媽媽的手，不捨的說。

「媽，妳都聽到了啊……」

「這事兒如果讓妳爸知道，他一定承受不了。老天爺啊！我上輩子是造了什麼孽，祢要這樣處罰我們夏家？」奶奶捶著自己的胸口，眼淚撲簌簌的不停滑過臉頰。

「怎麼了？怎麼了？一進門就聽到妳們這樣大呼小叫的。」村長跟著爺爺一同走進家門。

「爸……沒事啦！媽只是在擔心國平的事情。」

「擔心什麼？我們國平吉人自有天相，會沒事的！天公伯會保佑他。」爺爺把奶奶扶起來坐著，在一旁的村長也不停的搖頭嘆氣。

正當大家沉默不語的時候，剛才的總經理又回來了。

「夏太太，不好意思。剛才董事長有來過電話，他念在我們多年的建設都讓夏先生承包，並且對他的手藝也讚賞有加，這次特地通融讓你們找人替他完成。但條件就是品質要跟夏先生做的一樣；至於違約金一千萬的部分，會看是否有在期限內完成工程，這部分可以再討論。」總經理說著。

「你說什麼？一千萬？我們國平欠一千萬？」爺爺聽到建商這樣說著，身體開始顫抖著。

「詳細的情況剛才已經跟夏太太說明過了！我話已傳到，先告辭了。」說完總經理轉身離開夏家。

「茗香啊！國平怎麼會欠人家這麼多錢？一千萬……一千萬哪……怎麼會……」爺爺一副難以置信的看著媽媽，突然雙手按住胸口，臉部瞬間漲紅。

「爸！爸！不是的，事情不是這樣的！我們會找人完成國平的工作，您別太激動啊！小桐，快叫救護車。」媽媽轉頭對嚇傻的小桐叫著。

「老伴啊！老伴！你不要嚇我啊！老伴！」奶奶緊張的抓著爺爺的手。

「爺爺，救護車馬上就到了，您撐著點啊！」放下電話的小桐跑到爺爺身邊喊著。

一路上救護車狂奔醫院，這幾天的夏家真是屋漏偏逢連夜雨。

「夏老先生年事已高，因為無法承受太大的打擊導致心臟病發，到醫院前已經過世了。我們雖然已經盡力搶救，但……請你們節哀。」醫生從手術房裡走出來，護士推著蓋著白布的爺爺，奶奶顫抖著身體來到爺爺身邊。

「老伴啊……你怎麼忍心放我一個人啊……老伴！」奶奶哭著、叫著、搖著爺爺，但是再怎麼喊，爺爺也醒不來了。

「小桐！」就在奶奶傷心難過的時候，小桐身後傳來大哥的聲音。

「大哥！」小桐看到哥哥，馬上撲進他的懷裡。這幾天對一個才十五歲的女孩而言，要承受的也挺多的。

「怎麼回事？我一接到消息馬上從學校趕回來。」

「爺爺他……爺爺他……他聽到爸爸要還……還違約金……一千……一千萬，心臟受……受不了……已經……已經……哇……」小桐話還沒講完，又哭成淚人兒。

「怎麼會這樣？」大哥一臉難以置信的樣子，但看著奶奶跪在病床旁難過的樣子；媽媽在一旁掩面哭泣；小妹又撲在自己懷裡，現在也不得不信了。

爺爺的喪禮一切從簡，而辦完爺爺的喪禮之後，正是夏家要面臨難關的時候了。

這天，小桐一個人來到公園的大樹下，看著隨風飄揚的絲帶，她多希望疼愛她的爸爸能快點醒過來……

「小桐，怎麼一個人在這裡呢？」小桐身後傳來隔壁的王大嬸的聲音。

「王大嬸……」小桐的眼神失去以往的炯炯有神，整個人看起來也消瘦許多。

「妳爸爸這輩子沒做過什麼壞事，老天不會這麼狠心帶走他的，很快他就會醒了，不要擔心。」王大嬸拍拍小桐的肩膀。

「嗯……」

其實小桐也不知道為什麼，只是覺得心情很低落，想著想著眼淚就滴下來了。

「小桐，如果妳把自己的人生當成遊樂園，那跌倒的時候就不會哭了。」王大嬸遞過手帕，輕聲說著。

「遊樂園啊……」小桐想起小時候全家一起去遊樂園玩的時候，爸爸還讓自己坐在他的肩上呢！

「玩都來不及了，哪有時間哭呢？人哪，通常不會知道自己能堅強到什麼程度。直到有一天，除了風雨無懼的向前走之外而別無選擇的時候，妳就會發現自己成長的速度，遠不及自己想像。」

「王大嬸……這個好深奧。」小桐擦乾眼淚，黑溜溜的眼珠子直盯著王大嬸看。

「哈哈哈！只是一些人生經驗，妳以後就會懂的！現在回家吧！妳媽媽和奶奶現在一定很難過，有妳這麼貼心的女兒陪在身邊，她們會好過一點的。」

王大嬸微微笑著，彷彿替小桐的心帶來許多溫暖。

小桐謝過王大嬸之後趕緊跑回家，在路上她思考著王大嬸剛剛的那番話，似懂非懂的點著頭。

正當她經過里民中心的時候，她看見媽媽在跟一群人說話。

「拜託你們，看在國平之前對你們照顧有加的份上，求求你們幫他完成工程吧！」媽媽彎著腰，向那群常常跟著爸爸一起出隊的木工師傅們懇求。

「嫂子，不是我們不幫忙，現在國平哥的狀況大家都知道，但是……我們真的沒有把握可以做到跟國平哥一樣好！他的手藝在業界裡可是數一數二，我們怕……反而會弄巧成拙啊！」其中一個脖子掛著毛巾的叔叔對媽媽說。

「沒關係！沒關係！只要你們肯幫忙，我們這次的酬勞一毛都不會拿。況且，你們跟在國平身邊這麼久了，技巧也一定不輸他。我求求你們！幫幫我們吧！」媽媽的淚水像洩洪似的奪眶而出，話一說完又是一個鞠躬。

「這……」那幾個叔叔看著媽媽這個樣子，面有難色的不敢應聲。

「我求求你們，拜託你們。」媽媽不停的鞠躬，只差沒有跪下來。

「大嫂，品質的話，我們雖然沒有像國平哥這麼精細，但我相信要做這種大工程我們也做得來。不過就剩時間的問題了，可能會超過合約的時間，因為我們不像國平哥手腳這麼俐落，到時候就算違約金不用付，你們還是得支付無法如期完成的罰款。」另一個穿著短褲的叔叔說著。

「沒關係，如果到時候真的還是要付違約金或罰款，我還是會想辦法，我只希望你們可以幫幫我們，我給你們跪下了！」媽媽說完便跪在那幾個叔叔們的面前。

「大嫂，大嫂，快起來呀！妳這是做什麼呢！我們可承受不起啊！」幾個叔叔見狀連忙急著拉起媽媽。

「不！如果你們不肯答應，我就一直在這裡跪著不起來。拜託你們，求求你們了！」

幾個大男人看見媽媽如此堅決的態度，互相對看了幾眼後，其中一個穿藍白拖鞋的叔叔說：「好吧！就當作是報答國平哥這幾年對我們的好。想想他每次有好東西都會跟我們分享，我們犯錯了也都是他扛，現在他有困難，是我們報恩的時候了，我們努力幫他完成剩下的工程，反正也只剩下一點點嘛！難不倒我們的，是不是？」

那位叔叔吆喝著其他人，那群大男人們彷彿恢復士氣一樣，也紛紛跟著附和。

「謝謝，謝謝你們，真的很謝謝你們。」媽媽喜極而泣，開心的笑著。

「大嫂，妳先起來吧！國平哥能娶到妳真是幸運。」

「不，他有你們這幫兄弟，才算幸運。」媽媽擦了擦眼淚，開心的說。

這一幕看在小桐眼裡雖然鼻酸，卻開心事情是往好的方面發展，終於有人可以幫忙爸爸了。

離開里民中心後，小桐快步的跑回家。這天晚上吃飯的時候，奶奶漫不經心的夾著菜，小桐與哥哥們更是不發一語。

「媽！」媽媽看見氣氛如此凝重，便開口跟奶奶說：「國平的那幫兄弟們，答應要幫他完成接下來的工程，所以您就別太擔心那違約金的事了！」

「所以這樣就可以不用付違約金嗎？」奶奶一聽事情有了解決方法眼睛都亮了。

「這我也不是很清楚，但是合約上寫只要按期完工，品質跟當初要求的一樣，就可以不用支付違約金。」媽媽說。

「太好了！太好了！天公伯保佑喔！茗香啊！我明天醃兩桶梅子，妳拿去給國平那群兄弟們，就當是我謝謝他們的幫忙。」奶奶雙手合十的一直謝著上天，還不忘交代媽媽明天的事。

「好，我知道了。媽，妳快吃吧！菜都涼了。」媽媽微笑的看著奶奶，而奶奶經由媽媽這麼一說，胃口好像也恢復了。

這頓飯雖然少了爸爸和爺爺，家境也陷入了困難，但是看著媽媽帶來好消息，奶奶心中的大石頭似乎稍微放下一點，小桐跟兩個哥哥互看一眼之後笑著吃完這頓飯。

接下來的兩個月，叔叔們每天早出晚歸，雖然他們多少要承受自己家人的抱怨，但因為大家都知道這是為了要幫助夏國平，所以都努力工作到幾乎不眠不休。小桐看著叔叔們對爸爸的義氣相挺，不由得被感動了。

「爸爸好厲害，有這麼多朋友願意幫他。」小桐看著那些叔叔們，暗自在心裡想著。

而這段期間，哥哥們必須回到學校完成自己的學業，只能在每個週末回到油桐村幫忙一點，所以都是小桐跟媽媽一肩扛起家裡的經濟來源。

她們除了去接很多家庭代工回來多少貼補一些家用之外，還和奶奶輪流到醫院去照顧爸爸，畢竟他曾是家裡最大的經濟來源，夏家人都盼望著奇蹟能出現。

只是兩個月過去了，爸爸依然昏迷不醒。而叔叔們的工程只差一點點了，卻還是無法在期限內完成。

這天，總經理又來了。雖然媽媽跟小桐已經有心理準備，但面對事實還是會感到害怕。

「夏太太，合約裡清楚的提到『如工程未能如期完成，乙方（承包商）應以工程總價百分之一償還甲方（本公司），本罰款得由甲方應付乙方之工程款中扣除之，乙方不得異議』。不過工程款的部分本公司已經全數支付完畢，所以你們得支付那百分之一，也就是十萬元。還有接下來必須完成的工程時間，不包含在原訂計畫裡，如果有額外的支出，例如工人的薪資以及我們的損失，你們也必須要支付。而且這次打造的是水晶別墅，用的材料都是上等貨，所以金額部分可能會偏高。這裡是由律師跟精算師算過之後的數目。」那個總經理拿出一張紙，上面密密麻麻的數字看得小桐眼睛都花了。

「所以總數是……四百五十萬！」媽媽看著那依然是天文數字的紙，驚呼了一下。

「是的！這次打造水晶別墅的資本耗費許多，如果不能如期完成我們將會有許多損失。這四百五十萬你們可以向銀行申請分期付款。你們真的很厲害，能夠找到跟夏先生手藝差不多的一群人幫他，品質和速度上雖然還是夏先生略勝一籌，但是也不會差太多，所以董事會才做出這樣的決定。」總經理看著媽媽說。

「謝謝你們，從一千萬變成四百五十萬，對我們來說已經減輕很多了，其餘的錢我們會想辦法的。」媽媽對著總經理鞠躬道謝。

「別這麼說，我們也希望夏先生能早日康復，希望以後還有合作機會。如果沒什麼問題，我就先告辭了。」說完總經理便轉身離開。

【第三章】坎坷的開始

「媽！我打算到都市去找工作，然後投靠以前的姊妹淘。大都市的薪水比較高，省吃儉用每個月還個一萬應該不是問題，只是……孩子們……可能要麻煩您多費心了。」媽媽和奶奶輕聲的在客廳裡討論著該如何支付剩下的錢，畢竟三個孩子才剛回到各自的房間，如果太大聲反而引起他們注意就不好了。

「妳確定嗎？」奶奶握著媽媽的手問。

「昨晚我有跟我以前的姊妹聯絡過，她說加工區那裏有在徵人，月薪還不錯，我這年紀還可以有個兩萬多元呢！」媽媽說。

「不過都市的房租貴，開銷也大，這樣會不會委屈妳了？」奶奶說。

「嫁雞隨雞，國平有難我這個當妻子的本來就該幫忙，沒有什麼委不委屈的！」媽媽安慰著奶奶。

「夏家有妳真好……我們真對不起妳了。」奶奶邊說邊拍著媽媽的手。

「媽，我們可以不要繼續往上讀，出來找工作幫忙分擔家計。」正當奶奶準備要答應媽媽的時候，兩個哥哥不知道什麼時候站在房門口，不約而同的說了自己的決定。

「不行！你們一個在軍校裡唸得好好的，另一個被醫學院錄取，就這樣放棄等於抹煞你們的未來、否定你們過去的努力。爸爸之前一直說，再艱苦也要讓你們完成現在的學業。」媽媽否定了哥哥們的決定。

「媽，當前最要緊的是解決家裡的債務。如果沒辦法還清，那我們繼續讀也沒有意義。」大哥說。

「沒意義？怎麼會沒意義？你們以後……」

「好了！都不要吵了！小桐呢？妳有什麼想法嗎？」奶奶制止媽媽與哥哥們的爭辯，回頭問了躲在哥哥們身後的小桐。

此時的小桐，腦海裡浮現出王大嬸的那番話。自己已經十五歲了，如果還讓家人操心就真的太不應該了。

「我……我支持媽媽到都市去找工作，也支持哥哥繼續往上升學。如果你們真的想幫助家計，可以半工半讀。」小桐想了半天之後小聲的說著。

「可是，家裡的開銷怎麼辦？奶奶已經有一把年紀了，沒辦法再去外頭工作。」二哥看著小桐問著。

「我……我可以幫忙！」小桐堅定自己的態度這麼回著。

「妳？」哥哥們一臉難以置信的樣子看著小桐。

「嗯！因為我是國中畢業班，所以課程都提早結束了，未來又還沒決定要上哪間學校，不如先去工作幫忙家計，等到經濟好轉之後再回學校讀書也不遲啊！」小桐炯炯有神的雙眼彷彿要帶給夏家新的希望。

「我可以只有國中畢業，但是哥哥們絕對不能放棄自己的未來，大哥好不容易在軍校唸得這麼好，二哥也被醫學院錄取了，所以……」小桐在心裡默默的想著。

「這樣表示妳要放棄自己喜歡的芭蕾舞啊！」奶奶聽完之後提出自己的擔心，這樣會犧牲掉小孫女的最愛。

「哎唷！奶奶，真的要跳舞的話一定會有時間的！」小桐走到奶奶身邊坐下，並給了家人一個大大的微笑。

「小桐……好吧！就這麼說定了，我也會幫忙做些家庭代工。」奶奶做了最後的結論。

當天晚上，媽媽來到小桐的房裡。

「小桐，妳老實跟媽媽講，妳做這樣的決定到底是為什麼？」

「媽，雖然做這決定之前的確很掙扎，但只要想到從小大家都這麼疼我，有好東西都先想到我，現在家裡有困難，我怎麼可以自私的要求繼續跳舞？哥哥們都在為了未來努力，拼死拼活才有現在的成就，將來他們如果成功的話，我也會很開心。再說，跳舞是興趣，又不能當飯吃！」小桐看著媽媽，握著媽媽的手說。

「唉！妳怎麼會這麼懂事！妳爸爸果然沒有白疼妳！」說著說著，媽媽又哽咽了起來。

「媽！沒關係啦！早點出去見見世面，才不會被騙啊！要往好處想！」小桐給媽媽一個微笑跟擁抱之後，便與媽媽道晚安。

只是這一夜的小桐，雙眼都沒有闔上。

第二天一早，媽媽交代小桐許多家裡的大小事之後，便啟程前往都市投靠朋友。

目送媽媽離開的小桐雖然覺得很難過，卻必須堅強的面對接下來的挑戰，因為她了解自己再也不會像一般小孩一樣可以有爸爸跟媽媽讓自己依賴了。

「小桐，我們也要搭車回學校了。只有請一個禮拜的喪假，學校的課業還是要完成，我跟妳二哥會去找兼職工作，妳不要擔心。」媽媽離開後不久，兩個哥哥便提著行李從房間裡走出來。

「你們放心回學校吧！家裡還有我在呢！」小桐對著兩位哥哥說。

「只要有什麼事情一定要馬上告訴我們，知道嗎？」大哥叮嚀著。

「嗯……」小桐點點頭，紅了眼眶。

「我們不在家，媽媽也不在家，妳跟奶奶要注意身體健康，妳不要忙起來三天三夜不眠不休喔！」二哥交代著。

「我才不會！」小桐笑著說。

「妳就會！妳這拼命三郎，以前練舞的時候練得沒日沒夜，難講妳工作的時候不會這麼拼。」二哥說。

「好了，時間差不多了，我們該走了！小桐，妳跟奶奶要好好照顧自己，有事情一定要讓我們知道喔！」大哥再次叮嚀小桐。

「嗯……」小桐低下頭，這次她不再說什麼。

大哥只是拍拍小桐的肩膀，便跟二哥往車站的方向走去。小桐看著他們的背影，用袖子擦乾眼角的淚水並吸了吸鼻子。

「大家都在努力，我怎麼可以這麼軟弱呢？」小桐替自己加油打氣。

正當小桐準備去找工作時，村長出現在小桐家門口。

「村長爺爺，有沒有什麼工作是我可以做的呢？」小桐圓滾滾的眼睛望著村長，透露出一絲絲的希望。

「有有有，早替妳準備了！」村長拿著一張紙，上面寫滿密密麻麻的字。

「星期一、三、五早上，隔壁王大嬸的果樹和稻穀都要收成了，她答應讓妳去幫她；星期二、四、六早上，妳就到里民中心去幫忙；然後每天傍晚五點到十點，觀光餐廳的陳經理說可以讓妳去端盤子。」村長推了推老花眼鏡，有條不紊的跟小桐解說。

「村長爺爺……」小桐熱淚盈眶的看著村長，她高興得哭了。

「孩子，有很多事情也許不如妳所願；有很多變遷也許不在妳的計畫中，但只要學會堅強並正面的看待每件事情，就一定會挺過難關，這就是所謂的關關難過關關過！」村長遞上手帕，微笑看著眼前的女孩。

「村長爺爺，謝謝你！真的謝謝你。」小桐激動的抱著村長，放聲大哭。這大概是她唯一能夠讓自己不那麼堅強的時刻。

「孩子，妳千萬要記住，人的眼淚是要用來體會感動與喜悅，可別用來感受難過啊！」村長一邊遞過工作表，一邊笑著對小桐如此說。

小桐擦乾眼淚，笑著接過村長的心意。

今天的太陽很溫柔，藍藍的天，白白的雲，微微的風吹過油桐村，十五歲的小桐開啟了獨立的日子。

雖然小桐只有國中學歷，但是精明能幹的她，只要有任何賺錢的機會都不放過，除了村長介紹的工作之外，她和奶奶還一起接了許多家庭代工回家。為了家計，小桐常常忙到深夜，然後第二天太陽才剛露臉，她又出門工作去了。

兩個哥哥分別在高雄與台南讀書，遠在他鄉的他們雖然以助學貸款以及半工半讀的方式來幫忙分擔家計，但是對夏家而言，最龐大的開銷不外乎就是爸爸的住院治療費。

「唉……要給醫院這麼多錢，都來不及賺了……」這天小桐從醫院回家的路上，看著繳費收據上面一項又一項的費用。媽媽的薪水只夠自己在都市生活跟還清債款；哥哥們自己打工的錢也只夠自己用，如此一來醫院的費用全都壓在小桐身上，就算每天粗茶淡飯也還是有繳不出錢的時候。

「小桐啊！我今天有去找人來看房子！」這天吃飯的時候，奶奶突然說出這件事。

「為什麼？」小桐看著低頭吃飯的奶奶，好奇的問。

「我知道妳媽媽把一些首飾拿去賣了，我大部分的嫁妝也都拿去換錢了。妳爸爸也不知道什麼時候才會醒來，把這房子賣掉，這樣多少能幫一點忙。」奶奶說。

「賣掉？可是，奶奶不是在這裡住很久了嗎？」小桐問。

「是啊！從我年輕嫁給妳爺爺到現在，一直都住在這裡呢！」奶奶說著眼眶泛紅。

「那就不要賣吧！雖然我們家不大，但是這裡有妳跟爺爺的回憶呀！」小桐皺著眉頭看著奶奶。

「已經有人準備要開價了，這間房子雖然已經幾十年屋齡了，但是重新翻修過後應該不是問題。妳爸爸那時候為了要開那間建設公司，向銀行貸款了不少錢，現在不但要繳他的住院治療費，還包括之前向銀行借的，還有要還建商的，這林林總總加起來，光靠妳跟妳媽媽怎麼還的了呢？」奶奶說到激動處，身體都在顫抖著。

「可是……」小桐總覺得不妥。

「我有擲筊問過妳爺爺了，也是千拜託萬拜託他才答應。這幾天應該會有人陸續來看房子。」奶奶說。

「奶奶，那我們要去住哪裡呢？妳跟媽媽說了嗎？還有哥哥們呢？」小桐憂心的問著。

「妳今天去上班的時候，我有去村長那裏借電話。妳媽媽雖然也是一直勸我，但是考量到現實壓力，她也妥協了；至於妳的哥哥們我有請村長幫我寫信跟他們說了。然後村尾那間廟稍微整理一下，遮風避雨倒不是問題了。」奶奶說。

「這真的好嗎？奶奶妳要想清楚呀！」小桐皺著眉頭說。

「大不了妳以後再幫奶奶把這間房子賺回來囉！」奶奶臉上掛著淺淺的微笑，但是體貼的小桐一看就知道奶奶忍住自己的眼淚。要賣掉房子，奶奶其實比誰都捨不得呀！

「奶奶……」小桐輕聲的叫著。

「大人們的責任沒有必要由孩子來承擔。小桐，讓妳這個年紀就失去該有的青春活力，才是奶奶最痛心的呀！房子沒了，但有個可以遮風蔽雨的地方就不會有問題，但是我最疼愛的小孫女如果因為這樣失去笑容、失去青春活力，那我去見妳爺爺的時候，要怎麼跟他交代呀？」奶奶緩緩的說出這些話。聽在小桐耳裡，心裡的滋味真是五味雜陳。

「這……好吧！既然奶奶跟爺爺都這麼決定，那我就沒意見了。」小桐低下頭吃飯，心裡除了埋怨自己沒有能力賺錢之外，還替奶奶感到不捨。

「爺爺過世，爸爸住院，現在又要賣掉自己從年輕就住到現在的房子，這對奶奶來說需要多大的勇氣才能做出這樣的決定？」小桐皺著眉想著。

當晚小桐躺在床上，隱約聽到啜泣聲，好奇的她便循聲來到奶奶房間，只見奶奶拿著一張照片啜泣著。

「老伴啊！我很思念你啊！這間住了幾十年的房子就要賣掉了，你不會怪我吧？我很快就會去找你了！要等我呀！」奶奶看著照片自言自語，小桐知道奶奶很思念爺爺，做出這些決定一定也讓奶奶心如刀割吧！

【第四章】低谷

小桐與奶奶為了讓看屋者喜歡自己的家，很快的便搬進村尾的小廟裡，兩人稍為打掃一下小廟後，覺得這裡環境其實也挺清幽的。而幸好老天也有稍稍眷顧著夏家，小桐的家不到一個禮拜就有人開價五百萬買下，扣掉要還建商的錢以及之前積欠醫院的費用，雖然所剩無幾，但對夏家卻是很大的幫助。

這天，正當小桐要從村長辦公室回家的時候接到來自醫院的電話……

「您好，請問是夏國平先生的家屬嗎？」電話那頭傳來護士溫柔的聲音。

「是的，我是他女兒，請問我爸怎麼了嗎？」小桐緊張的等待對方回應。

「夏先生今天早上已經恢復意識了，經由醫生檢查後確定沒什麼大礙，但是需要住院持續觀察，他已經轉到普通病房囉！」護士替夏家帶來的好消息讓小桐與奶奶開心的一同前往醫院。

一看到小桐，爸爸便激動的看著她，並吃力的說：「小桐，爸爸……爸爸對不起……起妳，讓妳跟媽……媽媽還有奶奶受……受苦了。」

小桐看著躺在床上既憔悴又難過的爸爸，內心也充滿了不捨。

「爸，你別這麼說，我們是一家人啊！倒是醫生說只要你之後持續天天復健，還是有機會能站起來的。」小桐笑著替爸爸打氣。

「我身為一個男……男人，竟然這……這麼沒……沒用。稍早陳經理有來看……看我，我們家的狀況他已經都……都跟我講……講了，孩子，我對不起妳……妳啊！」說著說著，爸爸竟然哭了起來。原本說話就有點吃力的他，現在加上哭聲，如果不仔細聽還真不知道他在說什麼。

對一個男人而言，自己沒有能扛起一家子的肩膀就等於沒用，而更讓夏國平難過的則是正當他昏迷不醒時，整個家支離破碎。到了享福年紀的雙親一個過世，一個還得做家庭代工掙錢；娶回來疼的妻子竟遠赴他鄉只求更多收入替自己還債；正值青春年華的女兒為了自己放棄大好前程，想到這些國平更是悲從中來。

「國平啊！小桐還在看呢！你身為父親該給人家當榜樣呀！男子漢眼淚不輕彈，我和你爸可沒教過你遇到挫折用哭就能解決。」奶奶看著小桐難過的樣子，又看到自己兒子喪志的表情，忍不住開口打破沉默。

「媽……都是我的錯，如果我那天有站……站穩，就不會摔下來，也不會……我死了算了！」

「爸！」小桐急著想安慰爸爸。

「好了，一個大男人哭哭啼啼像什麼樣？國平呀！悲觀嘆氣對事情有幫助嗎？如果只是這樣而停止活下去的動力，那你真的枉費小桐跟茗香這麼努力幫你了！負面想法會讓一切都變得討厭，我可不想要你變成這樣怨天尤人。」奶奶說著臉上也露出了哀傷的神情。

醫院本來就是了無生機的地方，而現在的病房裡，還添加了幾許孤單、沉重的氣氛。

「爸！你還有我們！」難過並不能解決事情，於是小桐擦乾臉上的淚水，用自己最燦爛的笑容回應這要憋死人的沉默。

自從爸爸清醒之後，小桐每天除了上班外一定會到醫院去陪爸爸；媽媽跟哥哥們知道爸爸醒過來之後紛紛買了一些雞精、補品寄回來，並囑附小桐要好好照顧爸爸。時光飛逝，一個月過去了，賣房子所剩的錢已經完全用完了，幸好爸爸在這一個月裡經由小桐悉心照料，復元得算快，連醫生都說是小桐帶給爸爸活下去的動力。

雖然爸爸必須依靠輪椅，但是精神卻是一天比一天好，身體狀況也沒什麼太大的問題，於是爸爸考慮到經濟因素並與醫生商量過後決定辦理出院手續。

回到家的爸爸每天都在小桐的陪同下做復健，雖然能夠重新站起來的機會很渺茫，但機率並不完全是零。平時爸爸也都跟奶奶一起做家庭代工；而村民們也都會找些藉口送許多東西給他們；村長更是常常來找爸爸串門子。就在大家的陪伴之下，爸爸漸漸接受事實，並決定為了小桐好好活下去。

但是上天似乎不想就這樣放過夏家，命運還是很捉弄人……

這天早上，小桐一如往常的推著爸爸到村長辦公室，這樣她去上班時也才有人可以陪爸爸談心說笑，出門前小桐敲了敲奶奶的房門：「奶奶，我們要出門囉！」

等了等，房裡始終沒有回應。

「奶奶可能昨天忙得太晚，今天睡得比較晚吧！」爸爸這麼跟小桐說。

「那我們還是先不要吵她好了，今天餐廳休息，我可以早點回來幫忙做代工。」小桐說完想了想便跟爸爸出門了。

沒想到傍晚回到家的時候……

「奶奶，吃飯了喔！」小桐敲了敲奶奶的房門，但依然無人應門。

「奇怪……奶奶不在嗎？還是不舒服呢？」小桐歪著頭想。

「小桐！快找人來開門，我覺得好像不太對勁！」正當小桐決定要去找爸爸時，爸爸就出現在自己身後，急促的說著。

「好……好……」小桐被爸爸的神情嚇到，急急忙忙跑去村長辦公室請求協助。

「讓開讓開，我把門撞破！」王伯伯跟著小桐回到小廟，「砰」的一聲門就被撞開了。一群人走進房裡，打開燈之後發現奶奶躺在床上。

「奶奶，吃飯了！奶……」小桐看見奶奶躺在床上，先是鬆了一口氣，然後走到床邊搖著她，但是當她碰到奶奶的那一瞬間，整個人都傻住了。

奶奶的臉雖然面帶笑容但卻一點血色都沒有，而且手的溫度異常的冰冷。

「小桐，怎麼了？」王伯伯觀察到小桐的怪異，連忙問著。

「奶奶她……她……她的手好冰……」小桐被嚇得幾乎都要說不出話來。

「什麼？我看看！」王伯伯一聽到小桐這麼說，直覺把手放在奶奶的脖子旁邊，然後回頭看了村長跟爸爸一眼，搖搖頭後走出屋外。

村長將夏家的故事向靜亞說到這裡便停了。

「我可以到小桐家看看嗎？」靜亞向村長提出這個想法。

「好啊！但是否能進去還得經過他們的同意。」村長摸著山羊鬍，帶著靜亞來到村尾的小廟。從門口與窗口往內看，還能看到小桐的爸爸推著輪椅，正忙著做些家庭代工。

「國平！」村長推開門，向爸爸打了招呼。

「村長，你來啦！咦？這位是？」爸爸依照慣例的與村長打了招呼。

「這位是好書好誌出版社的旅遊作家——朱靜亞小姐，她想寫油桐村的故事。」村長替爸爸介紹靜亞的來歷。

「夏先生你好，這是我的名片。」遞過名片，靜亞與村長便坐下來與爸爸聊天。

「妳好、妳好。不好意思我們這裡沒什麼可以招待妳的。」

「別這麼說。對了，小桐呢？」靜亞環顧四周，並沒有看見小桐的身影。

「她到王大嬸的稻田裡幫忙去了，晚點就回來。」

「原來如此。對了，夏先生，我可以四處看看嗎？」

「可以啊！妳方便就好。」

於是靜亞便起身自己四處逛逛，正當她走到門外時，手機響了。

「靜亞，我是爸爸。」電話那頭傳來一個男子的聲音，濃濃的鄉音一聽就知道是外省人。

「嗯！我知道。爸，怎麼了嗎？」

「這禮拜家裡收割了不少稻穀，我碾好米之後給妳寄幾包上台北，台北物價貴，這樣能省點。」

「爸，我都是大人了，有謀生能力了，您就別替我操心了吧！」

「小時候妳可是最愛黏在我身邊跟我一起收割呢！」電話那頭的男子不顧靜亞想說的話，便自顧自的回憶起來。

「是啊！您還跟我說越飽滿的稻子垂得越低，教我很多做人的道理呢！」靜亞笑著說。

「嘿嘿！是呀！還記得小時候，我跟妳媽進城去，妳一個小女孩兒想獨自收割七畝多的田地，好給我和妳媽一個驚喜，結果收割不成反坐在田邊哭。」

「哈哈！是呀！幸好您跟媽教得好，我平時待人不錯，才讓村民們幫我一起七手八腳收成完畢，換來全家一個冬天的糧食呢！」

「妳這丫頭不錯，都還記得！對了，下禮拜是妳奶奶的忌日，她生前最疼的就是妳，有空回來給她上個香吧！她留給妳的那條鍊子還在吧？」

靜亞下意識的摸著自己的脖子。「嗯！掛著呢！」

「人啊！要懂得……」

「飲水思源，知恩圖報！老爸，您都講幾百萬次了。」

「嘿嘿！人老了，就嘮叨了，記得有空回來啊！」

「嗯！知道了，您跟媽要保重身體喔！」

「行了、行了！健壯如牛呢！到時候見啦！」

「好，掰掰！」掛上電話，靜亞的嘴角浮出一抹笑意。

小桐的遭遇跟自己多像呀！都是從小就開始苦著、忙著。於是靜亞對小桐又更添加了許多同情感。

夕陽西下，遠處出現一個人影，瘦弱的小女孩騎著腳踏車，兩邊的辮子乖巧的掛在兩肩上。

「爸爸，我回來了！」停好腳踏車，小桐喊著。

「回來啦！快進來，村長爺爺在這裡呢！」屋內傳出爸爸的聲音，小桐三步併作兩步的跑進屋裡。

對靜亞而言，看到小桐好像就看到小時候的自己，不知不覺她竟然對這個曾經幫助過自己，又跟自己如此相像的女孩產生同理心。

「這樣一個孩子，在這麼短的時間內失去疼愛自己的爺爺奶奶；兩個哥哥遠赴他鄉讀書；爸爸行動不便又沒有媽媽在身邊疼愛，這需要多大的堅強勇氣才能來面對這一連串的打擊！」想著想著，靜亞竟然佩服起眼前這樣的女孩。

傍晚，靜亞便在國平與小桐的堅持下，留在夏家吃晚餐。

晚飯後難得的悠閒，村長與爸爸在屋裡泡茶聊天，小桐則坐在門檻上望著天空，靜亞看了便走過去坐在她旁邊。

「在看什麼呢？」靜亞問。

「靜亞阿姨，妳看那些星星的排列，是不是很像一個在跳舞的女生？」小桐指著天上的星星說。

「妳喜歡星星？」

「不，我喜歡跳舞，只是我可能要等很久很久以後，才能再次擁有跳舞的機會了。」

「那妳喜歡跳什麼舞？」

「芭蕾舞。當我在跳舞的時候，我覺得身體和心都好放鬆、好開心，好像很多事情都能解決一樣。」小桐邊說邊閉上眼睛，彷彿在幻想自己正在跳舞一般。

「原來妳喜歡芭蕾舞啊！小桐，其實我很想問妳，是什麼原因讓妳這麼早熟？」靜亞轉頭看著身邊這個擁有超齡想法與毅力的女孩。那種神祕的色彩正是身為旅遊作家要去發掘的。

「早熟？有嗎？嗯……我也不知道，我只知道我喜歡被依賴、被需要，當我的家人需要我的時候，就算力有未逮我也會竭盡所能的努力陪著他們。只是……要忘記這樣的悲傷與難過，我要很努力、很努力。」

「小桐，真正的忘記是不需要努力的。」靜亞說完這句話後，看小桐沒反應便對她說了一個故事：

「我以前很小很小的時候，家裡是務農的，爸媽都是日出而作日落而息。我從小就是奶奶帶大的，跟她的感情非常好，特別是這條項鍊，是奶奶親手用珊瑚礁的貝殼做給我的。不幸的是十幾年前奶奶因病過世了，那時候的我哭得很傷心，每天都戴著這條項鍊到奶奶的墓碑前哭呀哭的，什麼事情都不想做，甚至很努力的想要丟掉、忘記這樣的悲傷，但越想忘記卻越記得清楚。後來我試著把心情用紙筆寫下來，久而久之就忘記了那樣的情緒，反而因為寄情於筆墨之間，而得到出版社的賞識。所以真正的忘記是不需要努力的，妳以後就會懂了，人只有在保護自己最珍貴、最珍惜的東西的時候，才會變得無比強大。對妳來說，家人就是你最珍貴的寶藏；對我來說，是這個！」靜亞摸著脖子上的項鍊。

「那就是妳的奶奶送給妳的項鍊？」小桐好奇的問。

「是啊！是我最珍貴的寶藏喔！」靜亞淡淡的笑著，眼睛盯著月亮，感覺她的思緒飄到好遠好遠。

聽到靜亞這麼說，小桐下意識的從口袋摸出一個別針，那是奶奶在自己小時候，第一次考到全校前三名時送的。

「也是奶奶送的？」靜亞察覺到小桐的動作，轉頭問。

「嗯！爸爸說，奶奶是壽終正寢，走得很安詳，所以不可以因為這樣而傷心，反而要替她高興才對！可是那時候的我，哭得可慘了呢！」小桐雖然臉上掛著笑容，但她卻沒有再多說什麼，靜亞也不再問。兩人之間除了油桐花飄來的淡淡清香，還有對過去回憶的追思。

「小桐，換個想法，其實死亡並不是失去生命，而是走出時間。也許很抽象，但未來妳會懂的。」靜亞像突然想到什麼一樣，對小桐說了這樣的話。

「哇！真不愧是作家。」小桐收起思念，稱讚著靜亞。

「哈哈！這跟作家沒關係，跟歷練有關係！妳還年輕，未來的路還很長，天總會亮、雨總會停、冷鋒也會過境。有人說面對陽光，陰影就在背後，但是如果有一天妳不得不面對陰影的時候，也不要忘記是因為自己站在陽光下，所以才會看到陰影。妳的年齡應該足夠了解這些話的涵義，加油啦！」

小桐似懂非懂的聽著這席話，雖然她不太能夠了解靜亞想要表達的意思，但對她而言卻是一種鼓勵，一種能夠激發自己奮發向上，為自己、為家人、為未來而努力的一種鼓勵。

【第五章】堅強的肩膀

這天靜亞正在寫些關於旅遊的文章時，接到總編的電話。
「靜亞，油桐村的故事進行得如何？」
「除了中央公園的那棵大樹之外，我還發掘另一個故事。」靜亞邊打著旅遊文章邊說。
「哦？說來聽聽。」
「是關於一個小女孩的奮鬥史，我已經把大綱擬好寄給您了。」
「妳是指……那個叫做『夏桐』的女孩？」
「嗯！我覺得她的故事可以持續追蹤。可以的話我想帶她回台北拍攝新一季的雜誌封面，您不是要出一系列人生小故事嗎？」
「好，我開會時會再跟大家討論這件事，至於拍攝時間我會再跟妳說，我要先看過她的故事，至少先給我個前言。」
「嗯！我知道了。」
「如果妳那邊的事情都處理好的話，記得回來啊！」總編開著玩笑說。
「會啦！不回去我會被主任追殺吧！」靜亞也笑著回應。

之後跟總編閒聊幾句後便掛上電話，靜亞繼續敲著鍵盤編寫旅遊文章。

奉總編之命，靜亞決定讓自己在油桐村待到六月底，當然這段時間除了到處拍攝油桐花的各種風貌，也從幾個村民口中得知中央公園的大桐樹曾經發生過哪些故事。而當寫作寫得沒靈感時，她就會隨處走走，或是去找小桐聊天、談心。

五月的桐花開得令人目不暇給，置身於油桐村彷彿來到世外桃源一樣，在薰風吹起的季節，油桐花綻放屬於自己的美麗。

時光飛逝，油桐花的故事已經告一個段落，靜亞必須回到台北完成接下來的工作進度，這天她在車站和許多人一一道別。

「靜亞，有空要記得回來玩喔！」村長提著桐花果凍，交給靜亞。

「小靜，還要來我們這裡住喔！下次來給妳打八折。」旅館老闆娘看起來好像很喜歡靜亞，直嚷著一定要再來玩。

「如果妳回到台北改變心意，歡迎妳回來油桐村，我願意讓妳當我們的店經理！」經營五金行的曾大叔說著。

「你那一間小小的五金行根本容不下我們靜亞這尊大佛！還想要讓人當店經理咧！」王大嬸聽了不免吐槽曾大叔一番。

「妳這個人怎麼這樣講話？我可是很誠心的歡迎靜亞呢！」曾大叔也不甘示弱的回應著。

「好了、好了！你們都別吵了吧！我一定會再回來的，到時候可真的要麻煩你

們了呢！」靜亞笑著說。

「一定、一定！妳人長得這麼甜美可愛，雖然已經四十歲了，可是看起來就像二十幾歲，我可要好好跟妳尋求一下保養祕訣呢！」王大嬸摸著自己圓滾滾的臉，「呵呵呵」的笑了起來。

「妳不用保養了！妳就算保養也改變不了妳肥胖的事實！嘿嘿！」一旁的曾大叔逮到機會立刻酸起王大嬸。

「你！」王大嬸氣得瞪著他。

「我怎樣？不甘心啊？我說的是事實啊！妳管我！」曾大叔也不甘示弱的瞪回去。

「哈哈哈！唉唷！你們要好好相處才是呢！小桐還在這裡耶！」靜亞提醒眼前兩個大人，在場還有一個小孩子，可別做壞榜樣了。

「哼！看在小桐的份上，我才懶得理你。」王大嬸說。

「小桐！」靜亞看著小桐開心的樣子，心裡突然覺得很捨不得，便走到小桐前給她一個擁抱。

「妳要加油！我會再回來看妳的。」靜亞說。

「嗯嗯！我一定會努力的。」小桐回應著。

「鈴鈴鈴！」火車發出即將出發的鈴聲。

「小桐！妳要記得，堅強是說給自己聽，勇敢是為了自己而努力。」靜亞上車後不忘對小桐說。

「靜亞阿姨，謝謝妳，祝妳一路順風唷！」小桐揮著手，向靜亞道別。

火車的速度由慢轉快，直到看不見車尾，小桐一行人才離開車站。

靜亞離開後，轉眼間七月就到了。

哥哥們的學校放暑假，大家紛紛回家。

「春耕、夏耘、秋收、冬藏，我家的小妹正在忙。」門外傳來了大哥的聲音。

「大哥！」在屋內的小桐聽到大哥的聲音，開心的跑出來挽著他的手準備一起進屋。

「只看到大哥會不會太讓我傷心啦！」正當小桐與大哥要進屋時，他們身後傳來二哥的聲音。

「二哥！」小桐轉身跑去拉著二哥的手，開心得蹦蹦跳跳。

「這麼剛好，我們前腳才踏進屋裡，你後腳就回到家了。」

「你們回來啦！」在屋內的爸爸看到兩個兒子回家過暑假，也露出開心的神情。

「媽媽呢？還沒到嗎？不是說公司放一個禮拜的假，要回來嗎？」大哥邊脫下襯衫邊問著。

「這不是到了嗎？」正當大哥問完的同時，媽媽也跟著從庭院走進來。

「你們三個串通好的啊？」

小桐看到這副景象，「呵呵呵」的笑了起來。

「別顧著笑，來看看媽媽替妳帶什麼回來！」媽媽連帽子都沒脫，就從行李中拿出一個盒子。

「哇！我有禮物耶！謝謝媽媽。」小桐開心的舉著盒子。

「一件禮物就讓妳開心得手舞足蹈，那……再多一件呢？」大哥說完也從身後拿出一個盒子，小小的，可是卻很精緻，特別是上方的紫色緞帶，讓小桐看著看著，眼睛都亮了。

「喏！這給妳。別說只有媽媽跟大哥疼妳，我可是挑很久很久的呢！」二哥此時也從旁邊遞過一個袋子。

「好棒喔！好棒喔！謝謝媽媽！謝謝大哥！謝謝二哥！」小桐捧著禮物不停的跳著笑著，此時她恢復了孩子的天性，那麼的天真、活潑、單純。

「小桐，別跳了！快點看看禮物是什麼吧！」爸爸叫著正在蹦蹦跳跳的女兒。

「對對對！」小桐連忙坐下來。

「媽媽送的禮物是……」小桐小心翼翼的拆開那包裝的十分漂亮的盒子。

「哇！好漂亮喔！」

映入眼簾的是一套新洋裝，淡淡的粉白色加上蕾絲滾邊，散發出清新氣質的氣息，小桐看著洋裝笑得嘴都合不上。

「謝謝媽媽，我好喜歡喔！」小桐將洋裝比在身上，不停的轉圈圈。

「也看我送的吧！」二哥在一旁焦急的說。

「好好好，我就看看二哥送的是什麼！」小桐將袋子打開，裡面一大團大紅色的光輝讓小桐驚訝得說不出話。

那是一條鮮紅色的圍巾，蓬鬆的毛料與可愛的花樣讓小桐愛不釋手。

「看來我跟媽媽的眼光還挺合的，媽媽送妹妹的裙子剛好可以搭配我的圍巾。」二哥笑著喝了一口茶。

「夏天圍什麼圍巾？你想熱暈小桐啊？」大哥說。

「可以冬天圍啊！我這叫未雨綢繆！」二哥反駁著。

「未雨綢繆？你杞人憂天吧！」大哥說。

「那大哥呢？大哥送什麼呢？」二哥不甘示弱的也想知道大哥送的禮物。

小桐看著那個從剛剛就很令她心動的小盒子，小心翼翼的拆開緞帶。

「哈哈哈！大哥也不知道該送什麼給妳，正好看到有條護手霜，妳忙的時候也別忘了要保養自己的雙手，女孩的手是很重要的！」大哥在一旁淡淡的說著，但看到小桐好奇的聞了聞那保養品的味道，又好奇的塗塗抹抹，大家都忍不住的笑起來。

「你們都做得不錯呢！」在一旁的爸爸誇獎了帶禮物給小桐的兩個兒子。「小桐和你們的媽媽都太辛苦了。以後你們有了本事，可以忘了我，但絕對不能忘記媽媽與小桐對我們夏家的付出。尤其是小桐，這麼小的年紀就要放棄自己可以升學的機會，一肩挺起整個家，這輩子我們家真是欠她太多了。」

「這麼多話！肚子都不餓呀？吃飯啦！」王大嬸、王伯伯和村長從門外拎著許多飯菜跟啤酒走進門來。

「沒錯！今天要慶祝你們家大團圓，要不醉不歸！」王伯伯說著。

「好！不醉不歸。」爸爸也附和著。

「小桐，妳去換上新衣服吧！」此時媽媽帶著小桐進到房裡，其他人則在大廳準備吃晚餐。

雖然現在的夏家沒有以往的房子可以住、爺爺奶奶也不在了，但在這小廟中，卻散發出比過去幾年更溫馨的氣氛，這樣的天倫之樂比任何禮物都讓小桐心動。

小桐這時候好像更能了解靜亞跟王大嬸對自己說的那些話，關於人的堅強和脆弱往往都超乎自己的想像，有時候可能脆弱到只聽一句話就淚流滿面；有時候卻發現自己竟然咬著牙，衝破了這麼多的逆境、走了這麼長的一段路。

隨著假期的結束，媽媽與哥哥們必須要回到原本的崗位上繼續為了生活奮鬥，而小桐在繁忙的生活中始終不忘陪爸爸做復健。

終於皇天不負苦心人，爸爸的病情有了很大的好轉，雖然大部分還是坐在輪椅上，但有時候已經可以拄著拐杖挪步。

此時在台北的靜亞，文稿也告一段落，這天她正在與總編開會。

「關於油桐村的故事我已經批准了，拍攝日期訂在一個禮拜後，希望妳已經跟夏桐提過要上北部拍攝的事情了。」

「你說什麼？一個禮拜後？」看到這裡靜亞大叫一聲，她連提都沒跟小桐提過，更別說要帶她上台北了。

「總編的期限就是一個禮拜，還得提早帶小桐去適應新環境呢！但是……那忙著生活的小女孩會答應跟我去嗎？」靜亞獨自在房裡踱步，喃喃自語的唸著，突然靈光一閃，收拾簡單的行李便立刻搭車南下。

當她來到油桐村後立刻去見村長，靜亞開門見山說了自己的要求，但是村長並沒有一如往常的豪爽答應，反而猶豫起來。

「村長，您就幫幫我吧！這次的開銷我可以全部負責，更何況帶小桐到台北拍攝還能讓她賺點錢貼補家用。幫我說服她吧！」靜亞苦苦的哀求。

「唉！看在妳與小桐這段時間處得不錯，我就幫妳這個忙吧！不過說服她這件事我雖然能幫，但是她要不要答應，就不在我能控制的範圍之內了喔！」村長拗不過靜亞的要求，便應聲答應了她。

「我也會在一旁幫忙的，謝謝您唷！村長。那我們快點去小桐家吧！」靜亞等不及的拉著村長的手快步走向夏家。

對她來說，越早完成這件事情，不但讓自己可以省麻煩，也可以對總編有個交代，最重要的是可以幫助這個令自己產生好感的女孩多賺一點生活費。

「小桐，妳在家嗎？」

來到門外的靜亞心急的敲著門。

「我在、我在，是誰呀？」屋內傳來小桐的聲音，過沒多久門就打開了。

「咦？靜亞阿姨，妳什麼時候回來的呀？還有村長爺爺，裡面請。」小桐有禮貌的招呼著兩位長輩。

「我剛剛才到。小桐，我想問妳……」

一進到屋內，連椅子都還沒坐下，靜亞就急忙開口準備詢問小桐上台北的意願。

「靜亞！」村長按著靜亞的手，暗示她先不要這麼單刀直入。

「咦？你們怎麼了？」端著茶的小桐發現村長的行為，於是好奇的問著。

「小桐啊！村長有一個可以賺錢的機會，想不想知道呢？」村長推了推老花眼鏡，又摸了摸山羊鬍。

「想！」一聽有賺錢的機會，小桐的眼睛都亮了。

「那個機會是靜亞阿姨找到的，我想讓她跟妳解釋吧！」村長把話題轉給靜亞，而靜亞先是一愣，然後緩緩的說出那個「賺錢機會」。

「就是拍拍照，然後提供一些想法。」靜亞想了想之後說。

「拍照？拍什麼照呀？」小桐圓滾滾的大眼睛盯著靜亞看，靜亞被看得無法招架，連忙轉頭向村長求救。

「小桐，妳不用擔心，靜亞阿姨會保護妳，但地點有點遠，在台北唷！」村長又推了推眼鏡說。

「台北？好遠喔！為什麼要去那麼遠拍照？」小桐皺起眉頭，不解的問。

「小桐，妳也知道，我是一個作家，這幾天跟妳相處下來我覺得可以把妳的生活變成一套故事，然後刊載在期刊上，只是需要妳跟我一起去台北拍攝雜誌封面……」

「阿姨！」靜亞話還沒說完，就被小桐打斷了。

「謝謝妳的提議，我很想去，也很想幫你的忙。但是如果我跟妳去台北拍照片，那爸爸就沒有人照顧了，所以……妳還是不要用我的故事好了！」小桐委婉的拒絕了靜亞，也因為拒絕的態度實在太堅定，讓靜亞與村長反而愣了一下。

「小桐……妳就只需要跟我去一趟台北，任何花費……」

「鈴——鈴——鈴——」靜亞話還沒說完，手機就響了。

「靜亞，我是總編，拍攝的事情沒問題吧？」電話那頭傳來一個令靜亞顫抖的聲音。

「總……總編，我……我……」靜亞支支吾吾的回著。

「靜亞，妳該不會還沒搞定吧？」

「總編……這……」

「支支吾吾從來就不是妳的作風，妳是有話直說的人，看樣子是不是還沒搞定啊？」

「唉！我正在說服她呢！小桐怕北上後父親沒有人照顧，因此剛剛拒絕我了。」

「這樣啊……好吧！我也不是那麼不近人情。妳跟她說她北上拍攝的這段時間，所有薪水都比照原本能在油桐村賺的算，而且我還加上拍攝費用也一併算給她。至於她父親……妳想辦法搞定這個問題。」總編說完「叩」的一聲掛上電話。

「吼——好吧！我試試看囉！」靜亞聳聳肩，轉身進入屋內，村長和小桐面對面的沉默著。

「可以去台北玩還可以賺錢……這樣至少可以把拍照的錢存下來，應該可以多個幾百塊給爸爸做復健、買藥吧！可是……可是這樣就沒人照顧爸爸了。不行，我不可以放他一個人在家裡，現在爸爸只剩下我了……」小桐在心裡這麼想著。

「小桐，妳就答應我吧！」看見小桐沉默的靜亞，忍不住說道。

「靜亞阿姨……」小桐皺起眉頭正想再次婉拒。

「小桐，總編答應這次的酬勞……」靜亞一五一十的將剛才總編開出的條件都告訴小桐。

「真的嗎？這麼多？可是爸爸……」

小桐算了算之後發現真的能賺到比在油桐村工作的薪水還要多的錢，但是一想到爸爸，卻又想放棄這樣的機會。

「小桐，妳答應吧！爸爸現在已經好多了，更何況村裡人會看著我呢！」爸爸拄著拐杖從另外的房間走出來，同時也表達自己的想法。

「爸，你都聽到啦！」

「嗯！是呀！去吧！妳看，我都能拄著枴杖走路了。妳也趁機讓自己放個假，妳只是個十幾歲的小女孩，別讓自己活得像個幾十歲的老女人了！」

「我……」

「小桐，妳信不信任村長爺爺？」村長看出小桐的猶豫，便拍了她的肩膀問著。

「相信！」小桐不假思索的脫口而出。

「那麼村長爺爺答應妳，我會替妳好好照料妳爸爸。妳去台北的那一個禮拜，我天天讓他跟妳通電話，好嗎？」

「但是，這樣會不會太麻煩您？」小桐擔心的問著。

「妳是我從小看到大的小天使，我也希望妳別讓自己這麼辛苦，所以趁這個機會去放鬆一下吧！妳爸爸還有我跟其他村民們可以互相照顧呢！」村長摸著自己的鬍子說。

「孩子，去吧！」爸爸將手搭在小桐的肩上，露出笑容。

「好！那你一定要好好照顧自己唷！這樣我就可以放心去台北了！」小桐看到爸爸有自己信任的村長爺爺幫忙照看，心中的大石也放下了。

說到底她也只是個孩子，內心依然充滿對外面世界的好奇，於是她答應靜亞的提議，決定隔天下午幫忙完王大嬸的果園後，就跟靜亞北上拍攝。

【第六章】台北之旅

「爸爸，我不在家的時候你要記得吃飯，睡覺要蓋被子，如果有什麼需要一定要跟村長爺爺說喔！」在火車站臨行前，小桐一直不停的交代著爸爸。

「好！怎麼搞得好像我才是小朋友，妳是大人一樣？」爸爸笑著說。

「唉唷！人家會擔心你嘛！」小桐撒著嬌。

「小桐，我們走吧！火車要開了。」靜亞催促著小桐。

「村長爺爺，那爸爸就拜託您了唷！爸爸，你要好好照顧自己，我過幾天就回來了！」小桐依依不捨的看著爸爸與村長。

「知道了！知道了！妳放心去玩吧！」爸爸坐在輪椅上揮著手，看著漸行漸遠的火車，心中感慨萬千。

「我真是對不起小桐她們母女，如果沒有那次的意外……」爸爸自責的低下頭。

「國平，如果你們夏家沒有挺過這次的風雨，那老天爺一定不會安心的把彩虹放在你們面前。」村長推著爸爸的輪椅，慢慢的走在路上。

兩旁的油桐樹已經沒有桐花，取而代之的是蟬鳴鳥叫聲。

抬頭望著天空，白天的時候還藍得很透徹，悠悠的白雲慢慢的飄著，不過一到傍晚，美麗的晚霞又替天空披上一襲禮服，紅咚咚的夕陽漸漸西下，時間好像靜止一樣。

「在油桐村裡也許找不到任何可以發展的機會，但絕對是個可以令人身心都受到洗滌與休息的地方。」

走著走著，村長與爸爸來到中央公園的大樹前。

「是啊！如果我沒有受傷就好了。」爸爸還是沉浸在自己的哀傷裡。

「國平，老天讓世界上發生的一切都有祂的道理，我們所遇上的事情也許在之後的某一天會有不一樣的結果發生。小桐為了你這麼努力的活著，你總不能讓自己一直活在過去。不要因為過去而難過，就像我們的桐花一樣，縱使凋謝，但在泥土下仍然會再生一切。」村長摸著自己的鬍子。

微風吹過，一切都是那麼的令人心曠神怡。

此時在火車上的小桐雖然心中還惦記著爸爸，但是沿途從沒見過的風景讓她感到耳目一新，任何的景象都能讓她看得目不轉睛。

「小桐，妳第一次坐火車嗎？」

在一旁的靜亞看到小桐不停的看著窗外時時變換的風景，突然覺得眼前這個女孩可愛得讓她好想摟進懷裡。

「不是，之前媽媽帶我剛到油桐村時，我們也是坐火車。只是那時候的我還很小，沒有什麼記憶了！」小桐把視線從窗外移到靜亞身上，回憶著說。

「這樣啊！我們還有一段時間才會到台北，妳如果累了就休息一下，我要繼續工作。」靜亞戴上眼鏡，在筆記型電腦上開始敲敲打打。

「當個作家還真是辛苦！在火車上也要工作。」在一旁的小桐心裡這麼想著，就在火車慢慢的駛向台北的同時，小桐迷迷糊糊的睡著了。

在睡夢中，小桐看到一個正在跳舞的女生。

「好美唷！」夢中的小桐稱讚著。

「妳也想跳舞嗎?沒關係！這裡可以讓妳盡情的跳唷！」那個女孩突然開口說話。

「啊！妳是……我？」小桐在夢裡所看到的女孩，竟然跟自己長得一模一樣，不免感到十分訝異。

「是的，我是潛意識的妳，同時也是另一個世界的妳。」說著讓小桐聽不懂的話，那個女孩笑著。

「妳在說什麼？我聽不懂……」小桐歪著頭、皺著眉問道。

「不懂沒關係，但是妳要記得這世界上發生的一切都有它的道理，仔細的聆聽風聲，因為風會帶妳找到屬於自己的天地。飄落的油桐花，在還沒凋零之前努力綻放自己的美麗吧！」那個女孩在說話的同時漸漸的消失形體。

「等等！妳說什麼呀？等等我好不好？」小桐邊跑邊叫著。

「小桐！小桐！」

「等等我！」小桐突然張開眼睛喊了一聲，讓在旁邊叫她的靜亞嚇了好大一跳。

「妳這孩子！從認識到現在我要被妳嚇幾次啊！」靜亞拍著自己的胸口，不停的深呼吸。

「靜亞阿姨，對不起！我剛剛做了一個很奇怪的夢。」小桐吐了吐舌頭，向靜亞道個歉。

「沒事了！沒事了！那我們走吧！台北到了。」說完靜亞拿起行李準備下車。

「台北！」小桐一聽連忙拿起自己的包包，跟在靜亞身後。

抵達台北已經是晚上六點左右的事。靜亞跟小桐一出車站，映入眼簾的是高樓大廈、車水馬龍、燈紅酒綠的花花世界，對小桐而言，這一切都是如此的新奇。

「小桐，明天早上九點要拍攝，妳這個禮拜就在我家住下吧！那邊的電話可以打回油桐村，我去幫妳準備床鋪。」靜亞放下行李與包包對小桐說著。

「謝謝靜亞阿姨！」

小桐放下包包，立刻拿起電話，撥回油桐村。

「喂？」電話那頭傳來熟悉的聲音。

「村長爺爺，我是小桐，我到台北囉！請問我爸爸在那裏嗎？」小桐開心的講著電話。

「在啊！在啊！妳等一下喔！」電話那頭傳來了村長的聲音，沒過多久就聽到小桐開心的講著自己沿途看到的風景，並且開心的「爸爸」長、「爸爸」短。

在一旁的靜亞邊收拾行李邊聽著小桐開心的講電話，突然自己回想起剛來台北時的景象……

自己的爸媽也在車站一樣的依依不捨，說著：「小靜，妳去到台北一定要努力加油喔！錢不夠盡管打電話或寫信回來，我們會給妳寄上去的。」

「媽，妳跟爸才真的要自己保重自己，我會努力不讓你們失望的。」靜亞上了火車，一樣趴在窗邊看著人影越來越小的父母。

想到這裡靜亞不免佩服起那時候的自己，還真是勇敢一個人來闖天下。但是眼前這個女孩，卻比自己更勇敢千萬倍。

「好，我知道了，我不會給靜亞阿姨添麻煩的，過幾天就會回去的！你要乖要聽話喔！每天都要做復健，知道嗎？」小桐說著。

聽到小桐這麼說的靜亞「噗嗤」的一聲笑了出來，這個女孩還真是人小鬼大，但是卻讓靜亞產生溫馨的感覺！

「嗯！那爸爸晚安，再見！」掛上電話，小桐帶著滿意的表情。

「先去洗澡吧！明天要努力一整天唷！」靜亞笑著說。

「好！」小桐從沙發上跳下來，拿起換洗衣物進到浴室。

雖然小桐遇到這麼不順遂的事情，但是大家的幫忙卻讓她能夠維持基本生活的水準，開心的小桐覺得其實自己也挺幸福的，卻沒想到，一切都只是暴風雨前的寧靜。

因為今世的小桐，是注定要來還債的。

隔天小桐起了一個大早，跟著靜亞一起到出版社。

「主任，這位是小桐。小桐，這是我們出版社的主任。」靜亞介紹著小桐跟主任給彼此認識。

「哇！」小桐看著出版社的主任，那一頭飄逸的長髮還有淡淡的香水味，合身的駝色套裝跟黑色的高跟鞋讓小桐一直盯著她看。小桐心想對方根本就是女神了吧！

「小桐妳好！」主任親切的向小桐問好，而此時小桐才回過神來。

「初次見面您好，我是夏桐。」小桐鞠個躬，有禮貌的問候著。

「小桐，今天的拍攝會有點辛苦，不過一天就結束了，加油喔！」主任拍拍小桐的頭，然後便轉頭交代了攝影師一些事情。

「靜亞，我和總編還有美工組要開個會，這邊交給妳囉！」主任給靜亞一個微笑之後就離開現場了。

「好，我們開始吧！小桐，妳先拿著這個。」攝影師拿了一朵塑膠油桐花給小桐，並開始要求拍攝的角度和姿勢。

在一旁的靜亞看著小桐認真的態度覺得很欣慰，這個女孩不管做什麼事情都這麼的全力以赴。

「再來一個喔！」

「看這邊，對——就是這個笑容喔！」

「帽子往下壓，手往上面抬一點，對！三、二、一！」攝影師拿著相機不停的一邊變換位置，一邊告訴小桐該調整的姿勢。

閃光燈不停的打在小桐身上，但是小桐卻絲毫沒有任何倦意，反而很專業的配合攝影師。

「小桐，妳會不會跳舞？」此時攝影師邊看著底片邊問著。

「會……會跳一點點的芭蕾舞……怎麼了嗎？」小桐好奇的問著。

「那這套衣服妳換上。」攝影師意示助理拿那套純白的芭蕾舞裝給小桐換上。

看到那套衣服小桐的眼睛都亮了，就算剛剛的姿勢多麼難擺，她全都拋到腦後。

「我等一下放一首音樂，妳就隨著音樂起舞就好，沒有特別的規定一定要怎麼跳。」攝影師說完就跟燈光師和幕後人員耳語幾句。

「三！二！一！音樂！」攝影師語畢，燈光暗了，只剩下一盞聚光燈照在小桐身上。

然後小桐聽到她最熟悉的音樂，同時也是自己在音樂界的偶像——柴可夫斯基的三大芭蕾舞組曲《天鵝湖》。

隨著音符的飄動，小桐墊起腳尖，雖然好久好久沒有練習跳芭蕾舞了，但是那種熟悉的感覺卻一下子就回到小桐的身上。

在小桐眼裡，她看到天鵝湖美妙的音符不停的圍繞在自己身邊，不管旁邊的快門聲與音樂是多麼的不和諧，這次的拍攝，小桐連想都沒想到可以再跳一次自己最愛的芭蕾舞。

一天就這樣過去了，傍晚結束的時候剛好主任和總編到現場來觀看。

「小桐，會不會累？」主任拍拍小桐的頭，並給了她一瓶果汁。

「謝謝主任，我還好，不怎麼累。」小桐擦了擦汗，接過毛巾跟果汁後向她道謝。

「汗都流成這樣了，看樣子我們小桐很認真在拍攝喔！喏！這是給妳的小獎勵。」主任從包包裡拿出一個牛皮信封袋。

「這是？」小桐接過信封袋後發現裡面滿滿都是錢。
「這是小桐的工資，一萬元。」主任笑笑的說著。
「一萬元！怎麼這麼多？主任，您是不是算錯了？」小桐驚訝的說著。
「沒有錯，是一萬元喔！」主任笑笑的說著。
「可是……我只拍了幾張照片，也只不過花了幾小時而已，中午還有出版社幫忙訂的便當，怎麼會這麼多？」
「台北的物價比較高，自然薪資就比較高囉！」主任笑著對小桐眨眨眼。
「可是……」
「靜亞！小桐上台北的這幾天妳就帶她好好的玩一玩，至於照片，我相信一定沒問題的！因為我們的小桐很認真的拍攝呀！」正當小桐要回絕主任的好意時，主任立刻轉移話題。
「好的，我知道了！」靜亞微笑的看著主任。
現場就只剩下對自己擁有這麼多薪資的小桐，歪著頭思考著主任的話。
「小桐，為了答謝妳的幫忙，晚上靜亞阿姨帶妳去吃好料的！」靜亞看著眉頭深鎖的小桐，提出這樣的建議。
「好料的？好啊！我好想吃吃看台北的食物喔！」一說到吃的，小桐就把剛剛的疑惑拋到腦後了，反正是主任說要給她這麼多的，自己也可以順便存點錢，那就謝謝主任囉！小心翼翼的收起牛皮信封，小桐跟著靜亞離開出版社。
「小桐，快點吃吧！這可是從東港來的黑鮪魚，很棒喔！」選定了一間餐廳，靜亞點了幾道特別的招牌菜，便與小桐吃了起來。
只是不知道是不是白天的拍攝太累了，此時的小桐出現倦意。
「小桐，妳願不願意當我的乾女兒呢？」吃著吃著，靜亞提出了這樣的要求。
這個女孩不但做事認真，待人處事都很得體，重要的是跟小時候的靜亞還有那麼一點相像，都很倔強。
「啊？乾女兒？」小桐睜著大大的眼睛看著靜亞，不可思議的問著。
「因為我覺得妳跟我很投緣呀！」靜亞微笑看著眼前傻楞楞的小桐，開心的說著。

「……好啊！乾媽！」沉默半晌，小桐便開心的叫起「乾媽」了。

其實小桐從第一眼見到靜亞時就很喜歡她，沒有任何理由，這大概就是所謂的「對盤」吧！

「乖女兒！」靜亞捏了捏小桐的臉，喜悅的表情全寫在這對母女臉上。

「對了，妳的芭蕾舞跳得真好，想不想再繼續學呀？」靜亞邊吃邊問。

「想啊！可是乾媽妳也知道，我要先幫爸爸還完債務。」小桐吃了一口鮪魚，回答靜亞。

「這樣啊……」靜亞聽了之後，默默的在心裡盤算著另一個計畫。

晚飯後的母女倆手牽手一起逛了台北知名的百貨公司，又去看了夜景，靜亞還買了好多衣服給小桐當作見面禮。

兩人回到家時都累癱了，不過小桐還是撥了電話回到油桐村，告訴爸爸自己多了一個「乾媽」的好消息。

「小桐，起床囉！乾媽有做鬆餅，快來吃。」隔天一早，靜亞圍著圍裙，將剛做好的鬆餅裝在盤子上，並為小桐倒一杯牛奶。

「乾媽早。」睡眼惺忪的小桐還穿著睡衣，打著呵欠坐在餐桌前。

「咦？妳的手怎麼啦？」靜亞發現穿著無袖睡衣的小桐，手背上多了很多紫斑，而且不知道是不是沒有睡飽，小桐的臉色看上去十分蒼白。

「不知道耶！可是我覺得好累，而且有點不舒服……」小桐有氣無力的說著。

「會不會是感冒啦？」靜亞擔心的將手放在小桐的額頭上。

「我去幫妳量個體溫好了，覺得妳的額頭有點燙。」

「嗯……」小桐漫不經心的回答。

「唉呀！三十九度，小桐妳發高燒了！快點去換件衣服，乾媽帶妳去看醫生。」靜亞連忙催促小桐換上外出的衣服，想帶她去看醫生。

「乾媽！不用了，我稍微休息一下就好了，看醫生很貴呢！而且也沒有很燒，讓我吃點成藥，睡一下應該就好了！況且今天星期天，也沒有醫生吧？」

小桐迷迷糊糊的說著。

「那妳快去躺著，我去一趟藥局，等一下就回來了。」靜亞脫下圍裙，拿起皮包匆匆出門，而小桐則搖搖晃晃的躲回被窩裡。

台北因為颱風的外圍環流影響而濕濕冷冷的，這幾天也不停的下著雨。

而靜亞接下來的幾天都照顧著疑似感冒的小桐。

【第七章】意外

這幾天小桐的狀況時而好時而壞，終於在第五天的時候，小桐退燒了。確定小桐的身體狀況之後，靜亞便提議帶小桐去泡溫泉。

在台北的一個禮拜，除了第一天在工作之外，小桐幾乎一半以上的時間都在生病。

為此，靜亞十分擔心她的身體狀況。

送小桐回油桐村的時候，靜亞私下找了小桐的爸爸談論小桐的身體狀況。

「國平大哥，小桐這幾天去台北發燒了幾天，狀況時好時壞，我擔心她是因為過多的勞動力導致身體太虛弱。如果可以的話讓她多吃點有營養的東西，這罐維他命C就送給她吧！」靜亞從包包裡拿出一罐未拆封的維他命，交給小桐的爸爸。

「唉！都是我不好，沒辦法讓這孩子吃些好東西。靜亞，謝謝妳！不好意思，麻煩妳了。」國平坐在輪椅上非常感激的一直向靜亞道謝。

「國平大哥，千萬別這麼說，再怎麼樣我也是小桐的乾媽，我也希望她健健康康的呀！如果沒什麼事情，那我要先回台北了，還有工作要忙呢！」靜亞笑著說。
「好的、好的，那我就不送了。」國平將輪椅推到門口。
七天的台北之旅結束了，小桐回到油桐村繼續努力的工作。藉由村長的幫助，她每天都有固定的工作，休假之餘還到各個村民的農田幫忙。
雖然小桐賺的薪水還有媽媽寄回來的錢全都拿去還債，家庭支出與開銷全靠爸爸的家庭代工與微薄的清寒補助金過生活，但是小桐很感謝油桐村人和村長的幫忙。
這天，人在台北的靜亞悠閒的在咖啡廳裡喝著卡布奇諾。
「好久不見啊！靜亞。」此時靜亞身後傳來一個熟悉的聲音。
「妳來啦！」靜亞看著在眼前坐下的女人，俐落的短髮搭配著合身的緊身洋裝，顯現出姣好的身材。
「都已經畢業十幾年了，妳這傢伙竟然一點都沒變，還是維持這麼好的身材。」靜亞再次喝了一口咖啡，看著眼前這從國小到大學都在一起的姊妹淘，同時也是悅瑩芭蕾舞團的創辦人——李悅瑩。

「妳還不是一樣。現在工作怎麼樣？剛環島回來一切都還順利嗎？」悅瑩點了一杯紅茶，看著靜亞說。

「還蠻順利的，妳也知道我收了一個乾女兒，主任跟總編最近有意要發展她的故事。」靜亞說。

「這樣啊……不錯呢！

看妳社群網站上貼的那些照片，感覺她很可愛。我呀！就沒妳那麼幸運囉！」悅瑩哀怨的說。

「怎麼啦？又遇到什麼事了？」靜亞問。

「最近舞團要招新生，可是大台北地區的舞團競爭這麼激烈，我怕……招不到人吶！」悅瑩說出自己的隱憂。

「別說我這好姊妹不幫妳！我馬上就有一個人選。」靜亞聽完之後笑著對悅瑩說。

「誰呀？」悅瑩一臉狐疑的樣子。

「我乾女兒，夏桐！」

今天的天氣很棒，太陽不會很炙熱，徐徐的風吹來令人心曠神怡，是個適合外出的好日子呢！

小桐拿起外套，騎著腳踏車準備去上班，經過里民中心的時候發現裡面傳出一陣陣優美的音樂，是柴可夫斯基的《胡桃鉗》耶！

好奇的小桐忍不住趴在窗口偷偷的往裡看。

「咦?怎麼有人在跳芭蕾舞?」小桐在窗沿露出兩個眼睛,在裡面跳舞的那兩三個女生優雅的舞姿深深的吸引著小桐的目光,不知不覺她竟也隨著音樂翩翩起舞。

自從上次去台北因緣際會跳過之後,自己從來沒想過可以在這麼短的時間內再跳到芭蕾舞。

「砰」的一聲,小桐不小心踢到旁邊的花盆。

突如其來的聲響暫停了里民中心的音樂,更引起裡面跳舞的人的注意,小桐連忙搬起花盆,匆匆離開。

「那些人是誰呢?」小桐晚上在觀光餐廳端盤子,但卻心不在焉的想著白天的景象。

那熟悉的旋律、舞姿、律動,還有那潔白得像白天鵝一樣的舞衣,都讓小桐深深的回憶起從小學二年級一直到國中三年級這八年所學的舞蹈。

雖然因為家庭狀況不得不放棄,但是她還是很熱愛芭蕾舞呀!

「匡啷！」「啊！」就在小桐心不在焉的同時，手一滑，把盤子打破了。

「怎麼了?怎麼了?沒事吧？」聞聲而來的經理看著破碎的盤子，再看看小桐驚慌失措的樣子，馬上就知道發生什麼事。

「小桐，妳沒受傷吧？」經理看著小桐說。

「啊！對不起……」小桐看到經理前來便馬上九十度彎腰鞠躬，向經理道歉。

「沒關係，人沒受傷就好。拿掃把來清一清，別用手撿喔！會被割到。」經理拍了拍小桐的肩膀，輕聲說道。

「嗯……好！」小桐趕緊拿了掃把跟畚箕清理碎玻璃。

下班的時候經理把小桐叫到一旁。

「小桐啊！妳怎麼了?這可是妳來我這裡這麼久，第一次打破盤子呢！看妳心不在焉的樣子，怎麼了？」經理擔心的問著。

好歹小桐的爸爸曾經在自己最落魄的時候幫助自己立業，現在幫助恩人的女兒也是應該的。

「不是的！家裡的債務已經沒什麼太大的問題了，我可能……有點太累了吧！」小桐話一說完讓經理十分驚訝。

「呵呵！原來是這樣啊！我還以為妳是鐵打的女超人呢！要排假給妳休妳都拒絕我，這樣吧！我放妳三天假，妳好好休息、調養身體。」經理笑著拿起假單，簽下自己的名字。

「可是……可是這樣會賺不到錢。經理我沒問題啦！回家睡一下就好。你讓我來上班吧！」小桐哀求著經理，這個月如果休了三天假，那就會被扣三天的薪水。

「小桐，妳不怕有命賺錢沒命花？妳好好休息，顧好身體比什麼都重要。更何況妳也不會希望妳爸爸擔心妳吧？」經理把假單遞到小桐面前說。

「我……好吧！謝謝經理。」小桐無奈的接下假單，但是她明白她不是太累而打破盤子，而是想著早上的情景才會不專心的！

「為什麼我會接受經理的假呢？難道我還想去看人家跳芭蕾舞？」回家的路上小桐這麼問自己。

「不對、不對，家裡這麼辛苦。爸爸每天都要做很多家庭代工；媽媽也在很遠的地方努力工作；哥哥們更是為了這個家努力讀書、拿獎學金；我怎麼可以這麼自私的要求再次學習芭蕾舞呢？以後長大了，等我自己賺錢了，再去學也不遲呀！」小桐邊騎著腳踏車，邊這樣說服自己。

「沒錯，我不能這麼自私，爸爸這麼疼我，我一定要為了這個家努力。芭蕾舞就先擱著吧！未來一定有機會可以學的。那我就不要再去里民中心了，大不了繞遠一點，這樣就不會心猿意馬。」小桐打定主意之後便帶著微笑，放心的騎回家。

「爸爸，我回來囉！」邊停著腳踏車，小桐邊喊著。

「回來啦！小桐，快點進來！」屋裡傳來爸爸的聲音。

「怎麼了？」一進門，小桐放下包包和安全帽。

「咦？乾媽妳來啦！這位是……」小桐看到客廳裡除了爸爸跟乾媽之外，還有一位素未謀面的阿姨。

「啊！妳是……」小桐盯著她的臉，像想起什麼似的忽然大叫一聲。

「今天在里民中心教跳舞的老師！」

「小桐，她是我從小到大的好朋友，李悅瑩，也是『悅瑩芭蕾舞團』的創辦人喔！」靜亞特意提高「芭蕾舞」三個字的音量。

「原來是乾媽的朋友，李老師您好！」小桐有禮貌的向悅瑩問好。

「小桐妳好，原來今天不小心打翻花盆的人就是妳呀！」悅瑩笑著看著小桐。

「嘿嘿！真是不好意思，都被妳看到了。」小桐吐了吐舌頭，兩頰不好意思的泛起紅暈。

「沒關係啊！我覺得妳跳得很棒呢！」悅瑩稱讚著。

其實她早就知道早上在窗外的那個人是小桐，因為這一切都是靜亞跟悅瑩串通好的呀！

靜亞知道小桐喜歡跳芭蕾舞，於是便刻意在小桐上班途中必經過的里民中心內，安排悅瑩和她的學生們練習芭蕾舞。如此一來，小桐只要聽到音樂聲一定會忍不住翩翩起舞的。

當然，小桐的舞技悅瑩都看在眼裡，如果能夠說服小桐加入自己的舞團再加以訓練，那她一定能成為舞團的王牌。

「謝謝！多虧爸爸讓我學了好幾年的芭蕾舞。」小桐說。

「對了，我覺得妳好像很喜歡芭蕾舞，當然單純的喜歡是很棒的，不過讓我來考考妳，妳知道芭蕾舞怎麼來的嗎？」悅瑩希望眼前這個女孩不只要舞技精湛，對芭蕾的知識與熱愛可不能少於舞技。

「嗯！一開始的芭蕾舞是外國的一種舞蹈用來自娛或是做為廣場表演，源於古希臘文明，用音樂、舞蹈去詮釋童話故事或是神話故事。」小桐憑著自己的記憶回答悅瑩。

「不錯！不錯！妳還知道呢！那李老師這裡有個很棒的童話故事叫做《睡美人》，是芭蕾舞創作大師——柴可……」

「柴可夫斯基的三大芭蕾舞曲之一，《睡美人》？」小桐聽到「睡美人」三個字，眼睛都亮了。

「是的！妳有沒有興趣擔任我們的角色之一呢？先從小仙女開始好嗎？」李老師遞過一張宣傳單，內容標示著三天後在里民中心的禮堂會有一場芭蕾舞的演出，希望大家都來參加。

「妳是說……妳要讓我跳小仙女的部分嗎？」小桐的眼神透露出喜悅的光芒，這麼特別的機會，她等了多久才等到？

「那如果我加入舞團，還可以賺錢嗎？」開心歸開心，小桐還是得面對生活的現實。

「當然還是可以賺錢。但是妳大多數的時間必須拿來練習芭蕾舞，在加上要演出的時候妳必須要全神貫注的不停練習，可能賺錢的時間就會變少。」悅瑩對小桐解釋著。

「那……」小桐開口想說些什麼。

「小桐，這是一個很難得的機會，妳不是很喜歡去台北嗎？悅瑩的舞團就在台北喔！而且我也在那裡啊！妳可以隨時來找我！」靜亞試著說服小桐。

「可是……」

「小桐，這是個很難得的機會。很多人夢想著要進舞團都因為缺乏天分而放棄，不然就是練得很辛苦，妳既然有興趣又有天份，為什麼不試試看呢？」悅瑩打斷小桐的話。

「乾媽、悅瑩老師，謝謝妳們這麼抬舉、賞識我。」小桐有點哽咽的說，在她的心裡浮現一個想法：「可是如果我沒辦法賺錢，那家裡的經濟重擔就會落在爸爸、媽媽還有哥哥們身上。我不可以這麼自私……雖然我很喜歡芭蕾舞……我也很想答應悅瑩老師……因為這是從小到大的夢想……」

「但是，我不會答應的！因為我的家人需要我，而我也是。就算他們不怎麼強大、不怎麼有名、不怎麼富有，我還是需要他們在我身邊。」小桐堅定的眼神中閃爍著淚光。

這種難得的機會要有多大的勇氣才能拒絕，有多大的愛才能為了家人奮不顧身的奉獻自己。

在靜亞跟悅瑩眼前的這個女孩，雖然瘦小，但是她們看到女孩固執又堅強的態度，也不免佩服起她。

「孩子，妳不用顧慮家裡的狀況，妳要勇敢去追求自己的夢想。」雖然不是親生父女，但畢竟也相處好幾年的時間，爸爸對著小桐說。

「爸爸……」小桐看著爸爸。

「妳放心加入舞團吧！爸爸還有這群油桐村民們呢！這是妳從小到大的夢想，就這樣近在咫尺了。我不希望因為我而讓妳無法實現夢想，機會不是天天有的呀！」爸爸激動的說。

「爸爸！我才希望你不要這麼想呢，因為……我剛剛說了，不管你們在哪裡，不管你們的成就是高或是低，你們永遠都是我的家人。家人就是當你需要我的時候，我會永遠都在這裡讓你依靠，在你還沒真正能像從前一樣站起來之前，我是不會答應的。」小桐說。

【第八章】代打

「小桐，妳真的不再考慮看看嗎？妳只停了一年的時間，現在再次接觸芭蕾舞還不會太陌生！」這天晚上爸爸正在和小桐做代工時，提出自己的想法。

「爸爸！不要再說了，我如果去跳舞，誰來照顧你？還有，你要先恢復健康，我才會考慮跳舞的事情。」小桐一邊做代工，一邊低著頭說。

「但是妳還年輕啊！就這樣放棄夢想太可惜了。妳小時候不是夢想進入芭蕾舞團嗎？現在就是妳的機會。不是每個人都能有這樣的機會！」爸爸再次勸著她。

「唉唷！就是因為我還年輕，所以趁現在快點賺錢啊！這樣才可以把奶奶的房子贖回來！要跳舞以後再跳也沒關係。」小桐依然低著頭。

「妳這孩子怎麼這麼固執？跟妳媽媽還真像！」爸爸看見小桐這麼堅決，反倒不知道該怎麼勸她了。

「母女當然像啊！」小桐抬頭看著爸爸說，但心裡知道雖然把房子賣掉解決了建商那邊的錢，但是還有爸爸的復健與治療費用，如果可以，當然也想把奶奶的房子買回來。

「妳這……」

「不好意思，打擾了！」正當爸爸要開口時，門外出現一個聲音。

「啊！悅瑩老師。快請進。」小桐去應門的時候發現是悅瑩，不免大吃一驚。

「不了，我只是來告訴妳一個消息，等等還要回去。」悅瑩笑笑的看著小桐說。

「哦？什麼事呢？」小桐問。

「雖然妳拒絕加入舞團，也拒絕繼續跳芭蕾舞，但是妳真的很有天分，我不會放棄說服妳的！稍早我的團員們已經搭車抵達這裡，三天後在里民中心的大廳有一場芭蕾舞表演，希望妳能來看。」悅瑩說完，拍拍小桐的肩膀便離開了。

「芭蕾舞表演啊……好懷念喔！」大約晚上十二點，當天的代工進度都完成後，小桐躺在床上想著悅瑩的那番話。

「夏桐！妳在想什麼啊？說好不去跳舞的！別想、別想，快點睡了！可是……如果只是想想，沒去跳舞的話，應該沒關係吧！反正我也只是想想而已，對了！我可以現在跳啊！」靈光一閃的小桐前一分鐘還說服自己別去想，但她實在太愛芭蕾舞了，便在房間裡自顧自的跳了起來。

不知道跳了多久，她倒在床上喘著氣，不久便沉沉睡去。自從家裡發生事情之後，她就沒有自己在房間裡練過舞，這種感覺真的好令人懷念。

隔天一早，小桐實在按捺不住內心的渴望，偷偷的跑到里民中心看舞團排練。

「好！扶把練習！三、二、一、來！」小桐看到排成一排穿著舞衣、梳著包頭的女孩們，還有穿著緊身衣的男孩們，用手抓著扶把，悅瑩老師正在打拍子。

「好，接下來從頭開始。」悅瑩老師一邊放著音樂，一邊數著拍子，一邊指導團員們的動作。

又是那首熟悉的芭蕾舞曲——《胡桃鉗》。

看著台上芭蕾舞者們優雅的舞姿，小桐真的好心動，正當團員們練得很起勁，自己也看得很入迷時，男主角一個不慎沒有接住女主角，害她扭傷了腳。

「啊！好痛！」女主角抱著腳踝，痛苦的說著。

「糟糕！這最少也要一個禮拜才好得了！三天後的表演怎麼辦呢？」男主角自責的說著。

「好了、好了，培豪，你幫我送她到醫護室去。其他人繼續練習！」悅瑩邊下指令，邊催促其他團員繼續練習。

「可是，老師，沒有女主角我們怎麼演出呢？」其中一個看起來約莫跟小桐差不多年紀的女孩問著。

「這……」悅瑩頓時答不上來，突然下意識的往窗外看去，小桐來不及閃避便與悅瑩四目相交。

「小桐！」悅瑩大叫一聲，小桐被嚇得轉身拔腿就跑。

「小桐、小桐！」悅瑩見狀連忙追出去。

畢竟大人的腳步總是比較大，一下子悅瑩就追上小桐了。

「小桐！」悅瑩拉住小桐的手，稍微喘了一下。

「對不起！悅瑩老師，我不是故意偷看妳們的！這樣真的很不禮貌，對不起。」小桐連忙九十度鞠躬道歉。

「妳真的覺得很抱歉嗎？」悅瑩問。

「嗯！這樣偷看是很不禮貌的事情，如果媽媽知道一定會罵我的。」小桐低著頭說。

「那……我給妳一個算是補救的方法，好不好？」悅瑩笑著說。

「方法？什麼方法？」小桐問。

「妳剛剛也看到了，我們舞團的女主角扭到腳了。不過三天後就要表演，到時候不只油桐村，連隔壁村的人都會來看演出，但是沒有女主角我們演什麼呢？」悅瑩說。

「所以？」小桐不安的看著悅瑩。

「小桐，妳來當我們的女主角吧！」悅瑩提出自己的要求。

「我？我不行啦！我已經很久沒跳舞了，而且跟妳們的團員也沒有默契，再說我也沒時間……不要啦！」小桐說著。

「小桐，妳再怎麼不答應我進舞團都沒關係，但是就當作老師拜託妳了。這次的演出很重要，所以拜託妳好嗎？」看著悅瑩那眼淚快滴下來的眼睛，加上小桐自己真的忍不住心裡蠢蠢欲動的渴望，終究她還是答應了。

「這……好吧！但是我只跳這次喔！」小桐雖然答應了悅瑩，但是依然很有自己的原則。

「太好了、太好了，那妳明天早上八點來這裡吧！我開始替妳進行特訓。那我們明天見喔！」悅瑩拉著小桐的手，開心的說著。

「好。」小桐帶著微笑離開里民中心。

接下來的整天，小桐的心裡好像燃起一絲希望，雖然她不知道為什麼自己會感到這麼興奮，但這還是自從爸爸出事之後，第一次覺得自己很期待著某件事情的到來。

隔天一早，小桐準時八點就出現在舞蹈教室外面。

「小桐，妳來了，快進來、快進來。」悅瑩看到小桐，便開心的拉著她的手說。

「妳先去換上衣服，然後等一下跟大家一起做暖身動作。妳有跳過《胡桃鉗》嗎？如果沒有的話也別擔心，妳有基礎應該會學得比較快。」

「嗯！我有跳過《胡桃鉗》，小學的時候。」小桐開心的說，說完便拿起包包走向更衣室。

不一會兒，小桐穿著以前的舞衣和舞鞋，梳著整齊的包頭，從更衣室裡走出來。

「各位同學，請到這裡集合一下！」悅瑩集合著學員們。

「這位是夏桐，來代替葆妘擔任這次演出的女主角，請大家多支持與配合她喔！」

「好！」那群小芭蕾舞者們異口同聲的回應著。

「那我們先從暖身做起，跟著音樂一起動起來喔！扶把練習，預備！」悅瑩說完便開始播放輕柔的暖身音樂。雖然小桐從來沒有用過這種方式暖身，但是跟著其他成員的動作加上小桐本來就有基礎，很快她就抓到拍子跟律動。

「老實說，我還真擔心她不來。」在一旁觀看的悅瑩對著悄悄來到教室的靜亞說。

「我就告訴妳她會來吧！」在教室裡看著小桐練習的靜亞對著悅瑩說。

「這女孩對於芭蕾的熱情還真不輸給年輕時的我。」悅瑩說。

「妳可以讓她多練習，她的天分是真的不會輸給以前的妳。」靜亞說。

「如果她可以加入我的舞團，那一定有很大的幫忙，不管是對她，還是對我。」悅瑩說。

「那妳得想辦法說服她。」靜亞說。

「我請葆妘跟我演的那齣戲還真是奏效了。雖然這樣對小桐很不好意思，但是我真的很想看她跳舞，也很想讓她跳舞，那種對芭蕾舞的渴望我可是一眼就看出來了呢！」悅瑩自信的說著。

「妳這傢伙，算準小桐那個時間會經過里民中心，前一個晚上還特地到夏家去告訴她這個消息，妳分明是故意的。」靜亞說。

「不故意就無法知道這女孩是不是真的像妳說的一樣那麼好啊！」悅瑩笑著回應。

「咦？那個動作是芭蕾舞會有的動作嗎？」靜亞注意到小桐的動作雖然很到位，但是與其他人卻不一樣，但是又覺得跟音樂很搭，感覺看到小桐跳舞，就能感受到音樂帶給人的寧靜跟清新。

「那是……」悅瑩驚呼了一聲。

「怎麼了？怎麼了？」靜亞關心的問著。

「那是……街舞的舞步！」有舞蹈底子的悅瑩一眼就看出那不是芭蕾的基本舞步，而是街舞。

但是小桐卻把它跟芭蕾融入的十分恰當，一點也沒有衝突感。

「這孩子的潛力似乎遠遠超乎我們所想的那樣呢！」靜亞在一旁笑著說。

「我非得把她訓練起來不可。」悅瑩充滿自信的說著。

接下來的三天，小桐每天都從早上八點練到晚上八點，但是憑著自己的努力與天份，才短短三天小桐就將《胡桃鉗》的女主角詮釋得十分完整。

終於來到演出的這天。

「各位鄉親父老們大家好，我是悅瑩芭蕾舞團的創辦人——李悅瑩。今天很榮幸來到油桐村替大家帶來這場芭蕾舞表演，讓我們用最熱烈的掌聲歡迎今天為我們演出的小舞者們。」悅瑩說完前言後，台下立刻響起一片掌聲。

紅紅的大幕一拉開，輕快的音樂立刻落下，只見許多穿著淡粉色舞衣的小女孩們隨著胡桃鉗的音樂翩翩起舞。輕巧的樣子搭配著用鋼琴彈奏的舞曲，更增添這些女孩們的可愛。

此時一個身穿軍服的男生牽著小桐出場了，他們正是這次的男女主角。小桐穿著一身潔白的舞衣，頭上戴著純白的羽毛頭飾，隨著音樂與男主角搭配得簡直天衣無縫。這個階段的音樂增添了一點進行曲的風格，男主角的剛強搭上小桐的柔和，更讓這段舞蹈令人感到耳目一新。

此時樂風一轉，輪到小桐獨舞了，所有的成員都退下台去，只剩下她在台上像個精靈一樣點著地板。

一切看似如此優雅，突然古典的弦樂竟然變成半電音式的街舞音樂，但是整首樂曲依然是《胡桃鉗》，此時看到小桐改變舞蹈的模式，古典優雅的芭蕾舞融入街舞的流行元素，時而柔和時而剛強，每個動作都做得十分到位，令台下的觀眾看得目不轉睛。

正當小桐跳得很起勁時，一旁的芭蕾舞成員全都看傻了眼，他們萬萬沒想到小桐竟然沒有按照排練的時候來。

「她在幹嘛？」其中一個女生說。

「不知道耶！這樣也算芭蕾舞嗎？」另一個女生應答著。

「老師！」此時悅瑩只是微笑看著小桐，她卻覺得嘻哈的街舞舞步與優雅的《胡桃鉗》結合後，反而更顯張力。

不過老實說，昨晚小桐臨時提出修改音樂的條件的確令她嚇了一大跳，但是還好悅瑩選擇相信她，不然她也看不到如此精采的演出。

「妳們跳妳們的，不要去管小桐怎麼跳。」下達指令後，悅瑩繞到舞台的另一邊。

此時音樂轉回輕巧活潑的樂曲，但此時也是小桐最大的挑戰，她必須要在整首歌曲最後的十六個小節內不停的轉圈圈，然後轉上跳台一躍而下。此時男主角會接住她，而她必須做出最完美的結束動作。

音樂不停的進行著，小桐的嘴唇微張，她開始自己的轉圈舞。

「再多堅持一下，就快結束了！拒絕放棄的結果一定會令人驚訝，千萬要挺住呀！」小桐在心裡這麼想著。

其他的成員跳著古典的芭蕾舞，小桐高舉雙手從跳台上一躍而下，男主角將她接得恰恰好，就在這場芭蕾舞的最後一個音符落下的時候，小桐被高高的舉起，整個身體呈現倒U的樣子。現場的人停了幾秒之後，突然爆出如雷的掌聲，他們獲得了滿堂彩。

小桐與參與演出的芭蕾舞者們在台上深深一鞠躬，臉上掛著笑容，迎接這美麗的結束。

「小桐！妳過來一下，我想知道妳這麼做的原因。」結束之後悅瑩馬上將小桐叫到一旁。

「我從小學二年級開始學習芭蕾舞，直到小學畢業那年參加一個舞蹈夏令營，裡面不只有芭蕾舞，還有許多不同的舞蹈。雖然我並沒有樣樣都精通，但是卻多少學了街舞跟其他舞蹈的基本步。然後國中三年，我都自己偷偷的把那些基本步加到芭蕾舞裡面加以改編，想說也許會有不一樣的感覺。」小桐滔滔不絕的說著自己的想法，在一旁的靜亞則是猛點頭。

「悅瑩老師，我跳得不好嗎？」小桐說完之後看見悅瑩沒有反應，不由得擔心起來。

「不會啊！我覺得妳跳得很好呢！融合西方先進與傳統的舞步，雖然突出卻顯得更有張力，妳的想法不錯，可以多加運用。」悅瑩邊說邊佩服著小桐的天賦。

【第九章】

轉折點

「小桐，妳跳得很棒喔！」演出結束後過了幾天，爸爸每天都跟小桐說她很棒，彷彿還在回味那天女兒的表演一樣。

「爸爸！你都說幾百萬次了。」小桐雖然這麼說，但是心情很高興，不單單只是因為跳舞的開心，還看到爸爸眼中對自己感到驕傲。

「不好意思，請問小桐在嗎？」正當小桐跟爸爸聊得很開心時，門外傳來一個熟悉的聲音。

「啊！悅瑩老師，還有乾媽。快請進！」小桐應門的時候發現是悅瑩跟靜亞。

「小桐，妳那天跳舞的感覺如何？」坐在大廳裡，悅瑩提出自己的疑問。

「很棒啊！我很久沒有跳得這麼開心了！」小桐開心的說著。

「妳真的很有天賦呢！很少人能夠在這麼短的時間內跳得這麼好。」靜亞接著說。

「謝謝誇獎，多虧爸爸在我小時候對我的栽培。」小桐說。

「這樣很棒啊！不過我還是希望妳可以接受更專業的訓練。」悅瑩笑了笑後說。

「什麼意思？」此時爸爸在一旁好奇的問。

「台北的總教室資源多，指導芭蕾的老師也多，大家都是在國外進修後學成歸國的，如果……」

「老師，我不會答應的！」小桐不等悅瑩說完便一口回絕她。

「小桐！這是很難得的機會，妳要放棄嗎？」靜亞在一旁也幫忙勸說。

「沒有人可以照顧爸爸。」小桐說出自己擔心的問題。

「孩子！我都是個大人了，可以自己照顧自己，比起這個，我更擔心妳呀！」爸爸在一旁聽了不捨的說。

「可是……」

「我不想成為妳實現夢想的最大阻礙跟絆腳石。」爸爸說。

「爸爸！」

「好了，你們父女就別再爭了吧！小桐，妳要知道大家都是希望妳能實現自己的夢想、勇敢追夢，妳爸爸會這麼說也是因為不想耽誤妳呀！更何況沒有人願意看到這麼有天份的妳埋沒了自己的才能。」靜亞在一旁幫忙打圓場。

「不要說了，我不會答應的！」小桐說完就跑回房間裡。

有誰知道呢？其實小桐比任何人都還喜歡芭蕾舞，她比任何人都還想要繼續完成自己的夢想，也比任何人都還渴望自己能夠重回舞台，就算一整天都要不眠不休的練舞她都甘願。

但是家裡發生這樣的事情並不是自己願意的呀！既然是夏家人，就要對這個家負責。

「我也很想跳舞啊……」趴在床上的小桐忍不住哭了起來，她在心裡不停的吶喊著。

「唉！謝謝妳們兩位的幫忙勸說，我會和小桐的媽媽再商量的。這孩子為我們家付出與放棄得太多，不能就這麼虧待她！」看著小桐跑回房間的爸爸，一臉不好意思的對靜亞跟悅瑩說抱歉。

「夏先生，沒關係，這種事情勉強不得，也要小桐自己想通才行。但是我不會放棄繼續說服她的，我看得出來她其實很心動，而且很想繼續跳舞。」悅瑩說。

「那就有勞您了！我會再多勸勸她的。」爸爸看著小桐的房門口，悲傷的說著。

隔天一早，正當小桐準備出門時，村長來了。

「村長爺爺，早安。」昨晚為了芭蕾舞一事難過好久的小桐，一早顯得沒有什麼精神。

「小桐，早啊！怎麼啦？沒什麼精神的樣子呢！」村長摸著鬍鬚說。

「嗯！大概是昨晚沒睡好吧！」小桐說。

「為了跳舞的事情？」善於察言觀色的村長一眼就看出來小桐的隱憂。

「嗯……」小桐漫不經心的回應著，其實心思早就飄回那段在舞台上跳舞的時光。

「小桐，一個人長大後最先老去的不是自己的容貌，是那份想要努力勇往直前的決心，是那種可以奮不顧身努力的勇氣。孩子，妳的決心跟勇氣呢？」

村長笑著走進小桐的家，他是來找爸爸聊天的。

「村長爺爺……」小桐看著村長的背影，轉過身騎上腳踏車朝工作的地方騎去。

「小桐，妳來啦！」雖然小桐一路上都在想著昨天的場景，但王大嬸的農田距離自己家裡不過幾分鐘，很快就到了。

「王大嬸早！」小桐有禮貌的問好。

「早上好！對了，妳那天在里民中心跳的舞好好看喔！好像小精靈一樣，這樣東點一下，西點一下，好輕盈呢！」她邊說邊學小桐的動作，但是王大嬸有著比較豐腴的身材，所以她的動作讓小桐深鎖的眉頭鬆開，「哈哈哈」的開懷大笑。

「笑啦？那就好。一來就看到妳皺著眉頭，我還真替妳擔心。」王大嬸看到小桐笑的樣子終於放心了。

「王大嬸，謝謝妳！」小桐一邊向王大嬸道謝，一邊責怪自己怎麼這麼容易讓身旁的人替自己擔心。

「小桐，不管日子多麼艱苦難過，只要自己有信心就一定可以克服萬難。就像每天從東方升起的太陽，總是綻放出最耀眼的光芒迎接一天。當妳遇到挫折或是人生的叉路不知該如何選擇時，想想自己的初衷吧！那會引導妳走向正確的方向。」王大嬸笑著說。

「嗯！」小桐的年紀已經足夠理解這些道理。

在幫王大嬸整理農田時，她不停的想著昨天靜亞乾媽和悅瑩老師的話，還有今天村長爺爺跟王大嬸替自己的加油打氣，心裡暖暖的，而且感覺有什麼東西正在心中燃燒一樣。

結束早上的工作之後，小桐來到觀光餐廳，一見到陳經理，她立刻被叫過去。

「小桐，妳來一下。」

「經理，怎麼了嗎？」小桐緊張的問，不知道自己哪個環節漏掉了、沒做好。

「別緊張，我不是要跟妳說工作的事情。我只是要讚美妳那天跳舞跳得很棒，完全跟現在判若兩人呢！如果有機會我倒是希望妳繼續學習芭蕾舞。」經理看著小桐說。

「謝謝經理！不過學芭蕾的事情可能不會這麼快吧！」小桐說。

「為什麼？妳如果繼續跳舞，將來一定能成為很棒的舞蹈家啊！」陳經理說。

「我還有其他考量……」小桐把頭低下來，低聲的說著。

「我不想給妳壓力，但是我要妳知道，妳的善解人意跟體貼有時候會讓人覺得無法負荷。尤其是妳犧牲掉自己而去成就別人的這種舉動，也許對某些人有用，但是對於疼愛妳的爸爸而言，是種比受傷更痛的承受。」陳經理語重心長的說。

「你怎麼知道這件事？」小桐驚訝的問。

「那天在妳演出之後，全油桐村的人都知道啦！妳的個性是我們從小看到大的，怎麼會不了解呢？」

「但是沒有人……」

「妳爸是個大人，會自己照顧自己，更何況，妳的哥哥們和媽媽也都會一起為了這個家努力。」

「我……」

「妳今天先不用上班，快回去吧！我想妳媽媽這個時間應該回到家了。」

「媽媽？她不是在工作嗎？」

「今早我幫妳爸跟她通過電話，總之先回去吧！」陳經理說完，便讓小桐快點回家。

果然，當小桐回到家時，她聽見客廳有好多人說話的聲音，好像大家聚在一起商量什麼事情一樣。

「小桐！」一進門，眼尖的媽媽便看到自己的女兒。

「媽！妳怎麼回來了？還有大哥、二哥，你們也回來了！」小桐感到又驚又喜。

環顧四周，村長爺爺、王大嬸、靜亞乾媽、悅瑩老師都在，不用說小桐也知道發生什麼事情。

「媽……」

「小桐，我們一致認為妳該跟悅瑩到台北去接受訓練。」正當小桐準備開口時，媽媽打斷她的話。

「可是……」

「不要再『可是』了，妳最近一直講『可是』。」爸爸坐在一邊說。

「小桐，我們決定送妳去台北學芭蕾舞，但是條件就是妳必須要自己支付自己學習的費用。家裡的環境妳就不要擔心了，大人的事情我們會自己想辦法解決。這段時間謝謝妳的幫忙分擔，現在我以媽媽的身分強烈表達夏家人想送妳去學舞的想法。」媽媽說。

「是啊！媽媽加工區的工作就做到這個月結束，這樣妳就不用擔心爸爸沒有人照顧。我跟妳二哥也開始進入實習的部分，可以多少幫忙分擔家計。爸爸的狀況也有好轉，妳就努力去學吧！讓我們油桐村因為有妳而驕傲。」大哥在一旁也幫忙勸說。
「可是，我想幫奶奶把房子買回來，這樣還是要存很多錢……」小桐說。
「大人的責任不該讓孩子承擔，妳只管放心去實現妳的夢想，我相信奶奶在天之靈會感到很欣慰的。她還在世的時候，最喜歡看的就是妳跳舞呀！」爸爸說。
「這……我真的可以去嗎？」小桐小聲的問。
「當然可以！」所有人異口同聲的回應，讓她著實嚇了一大跳。
此時小桐笑了！笑得很開心、很快樂。壓抑這麼久的希望，終於可以獲得釋放。
「明天跟我上台北吧！」悅瑩拍著小桐的肩膀說。
「好！我一定會努力學習的！謝謝大家。」小桐一個九十度的鞠躬，現場的大家知道她妥協了，她選擇自己最愛的芭蕾，她要努力光耀油桐村。
隔天一早，靜亞、悅瑩跟小桐在火車站與大家道別。

「要報答我們最好的方式就是努力學習，有妳這個女兒是我們的光榮。」爸爸拄著拐杖說。

「爸爸，你真的要好好做復健喔！」小桐交代著。

「會啦！妳在台北也要好好照顧自己，別給人添太多麻煩喔！」爸爸雖然這麼說，但是他知道小桐一定會努力做好自己該做的事。

「該出發囉！」靜亞催促著。

「大家再見！」小桐再次向來送行的每個人鞠個躬，坐上火車展開自己接下來的人生。

抵達台北已經是中午時分，小桐放好行李之後便到舞團教室與悅瑩會面。

「各位同學，這位是夏桐，從今天開始加入我們，是我特地從別的地方挖角過來的舞隊經理，大家要好好相處喔！」悅瑩向團員們介紹小桐。

「舞隊經理？」小桐以疑惑的眼神看著悅瑩。

「當初答應妳媽媽讓妳以擔任舞隊經理的方式支付學費。」悅瑩小聲的在小桐耳邊說。

「好了！現在暖身，扶把練習預備！」聽到老師下達指令，所有的團員們便快速靠在扶把旁。

小桐連忙也排在隊伍的最後面，跟著一起練習。

剛開始的練習的確非常辛苦，但是小桐的天份就像與生俱來一樣，進步神速。而悅瑩也對她十分照顧，為了讓舞團更加脫穎而出，小桐發揮很多潛力並提出許多令悅瑩感到訝異的提議。

「老師，妳覺得這段這麼跳會不會比較好？」小桐說完放出音樂，先是運用芭蕾的旋轉技巧搭配街舞的狂野，再使用傳統的舞步做為基礎。

「我覺得妳的手可以往上伸展，而且要再伸展多一點，這樣線條看起來會比較美。」悅瑩雖然學的是傳統的芭蕾舞，但看這小桐新奇的想法不免也跟著一起討論。

「好，那第二幕那邊能不能改成用這個方式跳呢？因為跟音樂比較搭，也不會像一般的舞團演出一樣沒什麼新意。」小桐說著自己的想法。

、

「可以試試看！」悅瑩點點頭附和的說。

時間就這樣在小桐的努力中慢慢的流逝，舞團開始慢慢的接洽許多演出機會，而小桐的表演總是可以讓人有耳目一新的感覺。

這段時間是小桐最開心、最放鬆的時刻，不管練得再怎麼累，她總是笑著挺過這一切。

【第十章】

白血病

過了一段時間，小桐天天都沉浸在這樣忙碌卻充實的日子裡，雖然辛苦卻感到心情愉悅，彷彿就像天塌下來也沒關係一樣，每天都是最早到舞蹈教室練舞，然後又最晚離開的人，也因為她的天份所以很快她就成為第一女主角。

但是人怕出名豬怕肥，況且人紅是非就會多，她的特殊待遇和天份竟為她帶來一些小麻煩。

「搞什麼？她憑什麼可以當上女主角啊！要不是那天我跟老師排演出那場戲，她會有被相中的機會嗎？太自以為是了！」團員之一的葆妘這麼說著，也難怪她會這麼憤恨不平，在小桐加入舞團之前，她可是每次演出的第一女主角呢！

「就是說啊！我們都覺得妳跳得比她好。」其他團員們也紛紛附和著。

「欸！新來的！」葆妘有了其他團員的助勢，整個驕傲的氣燄都升上了心頭，對著剛從教練室走出來的小桐大喊。

「怎麼了嗎？葆妘？」小桐看著葆妘生氣的臉，不免緊張了起來。

「沒什麼！只是妳不要因為當上女主角就給我太囂張，不要忘了原本的女主角是我！」葆妘大聲的喊著。

「嗯……」小桐不再多說什麼，她知道葆妘為什麼生氣。但是從家鄉遠赴台北是為了把芭蕾學好，她可不希望因此跟其他團員起口角。如果她的靜默可以讓葆妘的心情稍稍平復一些，那就算她再怎麼對自己破口大罵也沒關係。

「妳看，她心虛了！」在一旁的女孩也跟著附和著。

「因為不是靠實力的嘛！」另一個女孩也跟著說。

「妳們在談論什麼呀？」正當那群女孩正在調侃小桐時，悅瑩從辦公室裡走出來，看見大家「熱鬧」的氣氛便好奇的問著。

「沒有啦！我們在討論小桐跳舞跳得很好，我們要好好跟她學習！」其中一個女孩子連忙出來緩頰。小桐往葆妘的方向看去，見到她正惡狠狠的瞪著自己，連忙將視線移開。

「沒錯，妳們有這樣謙虛的心我感到很安慰，小桐的確跳得很好，大家要多跟她學習喔！現在開始拉筋，等一下排練《睡美人》，這個週末要去國際音樂中心演出，大家要加油！」悅瑩一邊對那群女孩加油打氣，一邊催促著她們快點進行排練。

「我是來學跳舞的，我要努力光耀油桐村，我一定要努力。」邊跳舞的小桐邊這麼想著。

「為什麼要添加沒有氣質的街舞啊？這根本不是芭蕾舞啊！」此時的小桐正在跳著自己與老師商量過後改編的舞蹈，卻意外聽到其他團員的竊竊私語。

「就是啊！她到底把芭蕾當成什麼啦？這麼陽剛的舞蹈怎麼可以加入優雅的芭蕾呢？」

「她一定是因為芭蕾跳得不好，才用街舞掩蓋。老師也真是的，都被她騙了！」

「沒錯！如果不挫挫她的氣燄，葆妘，到時候妳就真的會被取代了。那妳苦練這麼多年才獲得的女主角寶座，不就拱手讓人？妳這樣捨得嗎？」

「對啊，葆妘，妳要好好想想，現在如果不贏她的話，她一定會替老師洗腦，到時候老師一定會站在她那邊！」

人言可畏，葆妘有了朋友們的「加油」，氣燄更是高漲，看小桐也越看越不順眼。接下來的幾天她們更是故意刁難小桐。

「欸！妳既然每天都這麼早來教室，不如就把教室打掃乾淨吧！這樣我們也就不用天天輪值日生了！」葆妘說。

「我……」正當小桐要答應時，突然一個男生擋在自己前面。

「詹葆妘，妳不要欺人太甚了！」在一旁看不慣葆妘欺負小桐的培豪，這天終於替小桐出頭，他就是之前跟小桐搭擋演出《胡桃鉗》的男主角。

「怎麼了？我哪有欺負她啊？既然她都這麼早來，不讓她做點事情怎麼能稱得上一個稱職的『經理』呢？」葆妘邊說邊在「經理」二字加重音。

「值日生是每個人都要輪的，更何況經理又不是用來打雜的，妳憑什麼這樣命令人家啊？」培豪說。

「我命令她？哼！她還差得遠呢！還有，憑我是前輩的身分，就可以叫她去打雜，怎麼樣？」葆妘說。

「妳這個人怎麼這麼不講理啊？妳是因為自己沒實力當上女主角，讓小桐拿去了妳的光環，所以才處處刁難她吧？」培豪說。

「你……」葆妘氣急敗壞的看著培豪，但無奈眼前的男孩不但比自己高又比自己壯，偏偏他又站在小桐的那邊。

「我才不跟你們這種人一般見識。」說完葆妘便轉身離開教室。

「妳不要太在意她的話。」培豪在葆妘離開教室後，轉身對著小桐說。

「嗯……不過我覺得自己好像做錯了。」小桐低著頭，心情很低落的說。

「小桐，妳並沒有做錯事，妳只是在努力著自己想要的目標而已。況且其實妳很幸運，妳知道嗎？」培豪坐在木質地板上，看著窗外說。

「很幸運？為什麼？」小桐不懂，自己的家裡發生了這些事情，現在來練舞還要被欺負，怎麼算得上是幸運呢？

「因為妳有爸爸跟媽媽。而我從小就在叔叔的家裡長大，一直被堂哥們欺負，也曾因為很喜歡跳芭蕾舞所以被笑娘娘腔，最後是因為悅瑩老師發掘我，我才能擔任舞團的第一男主角。當然過程也練得很辛苦，之前舞團裡面有很多男生，都因為葆妘的關係離開了。」培豪說著。

「為什麼？」小桐疑惑的問。

「因為那些男生也不喜歡葆妘的姿態，她仗著自己家裡有錢，所以常常隨便指使別人，那些男生會離開是因為葆妘的家族勢力影響。我是因為叔叔也不太管我，我也不想跟葆妘起衝突，所以才能留下來。」培豪說。

「老師不知道這些事嗎？」

「她不知道，因為全部的成員都是自己跟老師說要離開的。他們以自己要搬家或是沒興趣之類的藉口離開舞團。」

「原來是這樣……」小桐坐在培豪旁邊，靜靜的聽著他說。

「能跳舞的時間不過就這幾年，憑什麼讓不重要的人影響了自己重要的心情？真想不透那些人。」培豪說。

「好奇妙的想法！你竟然覺得葆妘不重要。」小桐睜著大眼睛看著培豪。

「對於我來說，妳才是我的搭擋。我本來就不喜歡她那種狗眼看人低的態度，所以也不喜歡跟她搭檔。何況，她算哪根蔥啊！哼！」培豪用著鄙視的語氣說。

「宜蘭三星蔥……」小桐低聲的說出這句話。

「噗！哈哈哈！妳也太好笑了，哈哈哈！」培豪聽完之後先是一愣，馬上哈哈哈的大笑著。

「這……這有什麼好笑的啦……」小桐不好意思的把頭轉向另外一邊，害羞得紅了臉頰。

「對不起，對不起，因為真的太經典了！哈哈哈！對了，妳會覺得跳芭蕾舞的男生很娘娘腔嗎？」培豪緩了一下自己的情緒後，問小桐。

「不會啊！我覺得勇敢認真的男生最棒了！」小桐笑著說。

「妳是說真的嗎？不要因為安慰我，所以才說這些話。」培豪擔心的說。

「我很認真耶！因為人要懂得欣賞自己，別人才會欣賞你；人要對自己有自信，別人才會對你有信心。」小桐說。

「那我希望妳自己也記住這些話，當葆妘在對妳頤指氣使的時候，可不要把自己的信心丟掉了，要找到那種，光是笑，就足以傾城、足以羨煞眾人的魅力。」培豪笑了，很燦爛的那種。

小桐先是一愣，突然就像心領神會一樣也跟著笑起來。

「小桐，妳笑起來真的很可愛，要常笑。每一天起床都告訴自己今天會很美好，這樣妳接下來的一整天就真的會變得很美好。」培豪說。

「謝謝你！沒有你，我一定會很憂鬱的。」小桐說。

有了培豪的加油跟打氣，小桐練舞的時候又更起勁，而且融入更多不一樣的舞蹈的想法更是源源不斷。

但是她越是嶄露自己的光芒，葆妘和其他成員就越是眼紅，一直想要找機會欺負她。

這天大家正在排練時，葆妘趁著悅瑩老師不注意時推了小桐一把，正墊著腳尖練舞的小桐一個不慎「碰」的一聲正面趴在地上。

不同的是，平時的她馬上就可以從地上站起來，但是這次她卻一直躺在地上，而且還有血流出來。

「啊！流血了。」葆妘看到不免驚慌失措的大叫。

「怎麼了？」聽到葆妘大叫的悅瑩連忙跑過來，其他團員也停止練習的動作，培豪更是一個箭步衝上去將小桐抱起。

「小桐！小桐！妳怎麼了？」在一旁擔心的悅瑩搖著小桐，但是小桐就像失去知覺一樣完全沒有反應。

「快點，叫救護車！」拍了小桐的臉頰發現沒有反應的悅瑩，馬上要求其他團員打電話。

「小桐，妳一定要沒事呀！」悅瑩在心裡默默的祈禱著。

「我在哪？這是哪裡？」迷迷茫茫的小桐走在白霧裡，她什麼都看不到，但是耳邊卻一直傳來《天鵝湖》的音樂。

「有人在嗎？」小桐又喊了一聲。

「小桐。」突然前面出現一團白影，慢慢的匯聚成一個人形。

「妳是……啊！另外一個我？」小桐看著面前的女孩，著實驚訝了一下。

「油桐花已經到了要凋零的時候，妳準備好了嗎？」那女孩說著。

「什麼意思？我不懂？」小桐問著。

「生命總會消逝，但並不是每個生命都能真正的活過，妳準備好了嗎？」那女孩又再次說了這句話。

「什麼？準備好什麼？」小桐不解的再次問著。

「漫舞精靈，趁著最後的時間，努力去躍動妳的生命吧！」那女孩一邊說著，一邊消失在小桐眼前。

「等等！等等啊！」小桐一邊追著她，一邊吶喊著。

「小桐！小桐！妳醒醒啊！妳聽得到嗎？小桐！」一陣熟悉的聲音傳來。

「這是？我在……哪裡？」小桐試著張開眼睛，但迎面而來的強光讓她不由得又將眼睛閉上。

「醫生，醫生，小桐醒了！她醒了。」悅瑩喊著醫生。過一會兒，小桐終於張開眼睛，她環顧四周，發現自己正躺在病床上。

「來，我看看！」醫生替小桐做了初步的檢查。

「她能從昏迷中清醒過來真是太好了，接下來要住院觀察並治療。」醫生邊填寫著表格邊說。

「老師，我睡多久了？」小桐吃力的說著。

「沒有很久。我真擔心妳，我被妳嚇到了，孩子。」悅瑩說。

「我應該是太累了，醫生有說什麼嗎？」小桐躺在床上，虛弱的問著。

「沒什麼，靜亞已經南下回到油桐村向妳的父母說這件事情，從現在開始妳要待在醫院裡面好好接受治療，妳會好的，放心吧！」悅瑩笑著說。

「好端端的為什麼要接受治療？老師，我到底怎麼了？」小桐忍不住好奇的問。

「這……」悅瑩實在難以開口。

「小桐，妳生病了，但是並不嚴重，只要按時……」

「老師，不要瞞著她吧！」在一旁的培豪阻止悅瑩繼續說下去，他相信小桐一定會很堅強的。

「這……好吧！孩子，妳要答應我一定要堅強啊！」悅瑩緊緊握著小桐的手說。

「小桐……妳……」

【第十一章】小桐加油

「國平！怎麼辦？怎麼辦？小桐生病了，我要去台北找她！」茗香在油桐村裡激動的說著。

「茗香，妳先別激動。台北有悅瑩照顧著她！我們明天就出發去看她，妳先別激動！」國平安撫著妻子的情緒，在一旁的村長跟靜亞也感到十分哀傷。

「上天開的玩笑也太大了吧！這麼棒的一個孩子怎麼會生這種病？」村長搖著頭說。

「我的寶貝……不行，我一定馬上就要上台北！」茗香激動的說著。

畢竟母女連心，小桐是自己懷胎十個月生下來的，自己的女兒生了這樣的病，茗香的心都要碎了。

「好好好，那我們快點收拾東西馬上北上好嗎？妳不要太激動，小心血壓啊！」國平連忙安慰妻子。

「等等，我們也跟你們去。」在一旁的村長和王大嬸、陳經理也提出這樣的要求。

「那就一起去吧！我不能等了，再見不到她我真的很怕失去她呀！」茗香幾乎是歇斯底里的叫著。

「快快快，現在就走吧！」村長催促著大家，於是一行人便浩浩蕩蕩北上探望小桐。

「小桐，急性白血病雖然不能馬上好，但是只要聽醫生的話，很快就會好起來的。」悅瑩在一旁安慰著哭成淚人而的小桐。

自從小桐得知自己得了急性白血病之後，這兩天都以淚洗面。就算醫生跟護士再怎麼替她加油都無濟於事，她只擔心自己會拖累家人。

「我怎麼……怎麼可以……在……在這個時候……生病，……我還沒……還沒幫奶奶把房子……贖回來……」小桐斷斷續續的說著，哭得很傷心。

「小桐！」正當小桐哭得很難過的時候，門外傳來再熟悉不過的聲音。

「大哥？二哥？你們……你們怎麼……怎麼來了？」小桐擦掉不停滴落的眼淚，但泛紅的眼眶卻無法掩飾自己難過的心情。

「我們接到靜亞阿姨的消息之後就馬上向學校請假，北上來看妳，妳還好嗎？」大哥握著小桐的手，看著哭腫眼的妹妹，心裡充滿不捨。

「嗯……我……我還好……」小桐因為哭泣而使得聲音斷斷續續。

「怎麼會發生這種事情呢？妳是我們家的拼命三郎啊！妳一定可以堅持下去的！二哥相信妳。」二哥也在一旁幫忙加油打氣。

「治療的過程妳可能會覺得很痛，可能會不想去看著自己已經傷痕累累的身體。但是挺過這樣的疼痛會讓妳發現自己有多堅強，所以為了我們也為了妳自己，答應大哥要勇敢，好嗎？」大哥在一旁心疼的摸著小桐的頭並說著。

「好……好……」小桐吸了吸鼻子，緩了一下情緒。其實想了想，自己的身邊還有這麼多疼愛自己的人呀！沒有理由這麼沮喪。

「小桐！」就在小桐情緒稍微緩了一下後，病房的門突然「啪」的一聲被打開，迎面而來的是爸爸、媽媽、村長爺爺、王大嬸、陳經理還有靜亞乾媽。

「爸……媽……還有大家……」小桐看到大家著急的神情，心裡又是自責但卻又感到開心。自責的是自己沒有好好照顧自己，讓大家擔心；開心的是終於可以一解思鄉的情緒。

「妳怎麼樣?還好嗎?」媽媽走到病床的另一邊，不捨的摸著小桐的額頭跟臉頰。

「嗯!沒什麼太大的問題。」小桐努力擠出一絲笑容。

「妳這個孩子，怎麼現在還笑得出來?」爸爸也不捨的說。

「爸爸!你已經可以不用拄著拐杖了?」小桐發現爸爸走路不用拄著拐杖了，心中感到一陣歡喜。

「是啊!我在油桐村裡每天都有努力的做復健喔!當然大多時間還是要拄著拐杖，但是已經可以試著自己慢慢走了。」爸爸臉上努力擠出微笑，他也要給女兒最大的鼓勵跟加油。

「好棒喔!」小桐看見爸爸日漸復元的身體，突然覺得好開心，就連自己得了急性白血病的事情好像都變得不重要一樣。

「傻孩子!現在最重要的是妳的身體啊!我跟妳媽媽會留在台北照顧妳，因為油桐村的醫療不比這裡，妳一定要快點好起來。」爸爸說。

「對了，告訴妳一個好消息。在爸爸復建的這段期間，已經有其他建商來找他商量工程圖，如果順利，爸爸就可以擔任工地的總監工，事業也能東山再起！」媽媽說。

其實媽媽會這麼說是有原因的，她知道小桐一直以來都掛念著家裡的經濟狀況，所以這個好消息對小桐一定會有幫助。

「真的嗎？太好了！」小桐開心的笑著，剛才的陰霾全被這些好消息一掃而空。

「所以妳要努力治療，這樣才能看到爸爸再次成功的樣子！我們都要一起努力喔！」爸爸在旁邊不停的替小桐加油打氣。

「嗯！」小桐不知道為什麼，雖然知道自己得了急性白血病，但是聽到家裡的狀況好轉，她感到很開心，心裡有種踏實的感覺。

「不過你跟媽媽就別留下來照顧我了吧！我可以自己照顧自己，更何況還有乾媽跟老師在呢！」小桐突然想到什麼似的，嚴肅的看著爸爸媽媽。

「不行！妳是我的孩子，理當由我們照顧妳才是。」媽媽立刻否定小桐的想法。

「媽！這是我的身體，我知道要怎麼照顧它最好，更何況爸爸要重振的事業不能沒有妳在身邊。你們想看我隨時都可以來呀！我又不是在國外。」小桐貼心的說。

「不行！」媽媽的態度十分堅決。

「媽媽！我知道不管我走得多麼遠、回家的時間有多麼晚，只要我記得怎麼走，一定有個地方會為我留一盞燈，那裡就是我的家。妳和爸爸要替我將那盞燈守好才是呀！況且，我一定很快就會好起來的！不用擔心我，因為我是妳的女兒，是妳最堅強、最勇敢的女兒呀！」小桐激動的說著，在場的每個人都被小桐那顆堅強無畏的心給打動，王大嬸還偷偷的擦掉眼角的淚水。

「小桐……」爸爸跟媽媽不禁為了這個懂事的女孩感到欣慰與不捨。

油桐村的大家在台北待了兩天之後便回去了，而小桐也開始接受化療，每一次的疼痛感就好像要撕裂她的身體一樣，但是她卻一滴眼淚都沒掉過，連痛都沒喊過，只是自己默默的承受這樣的痛楚。

「乾媽，我不想治療了……」這天，小桐做完化療之後向陪著她的靜亞說出這句話，但她知道這句話其實很不懂事。

「什麼？妳不治療？」靜亞驚訝的說。

「因為國際表演就要到了，我不想放棄這樣的機會。更何況醫生說只要按時輸入血小板跟紅血球加上同時打抗生素抑制細菌感染，就可以暫緩發病。」

小桐像是想到什麼一樣的說。

「不行！我絕不答應！妳爸媽已經答應讓妳一個人在台北治療了，我不准妳不治療就這樣放棄妳媽媽努力懷胎十個月給妳的生命！」靜亞激動的說著。

「我一定要出院！我不管，我很堅持！」小桐知道自己花不起自己住院的開銷，也不想要讓身邊的人一直幫著自己，畢竟自己欠油桐村的大家還有乾媽跟悅瑩老師實在太多了。

「好不容易可以跳舞，我不要就這樣放棄，就算這輩子只能活到明天，我也要堅持跳舞跳到最後！」小桐再也無法壓抑自己了，之前練舞的時候她好快樂，好像回到小時候那種可以無憂無慮的生活。

「我不准！妳媽這輩子就生妳一個女兒，再怎麼樣我也不能讓妳輕易放棄生命！」靜亞的語氣十分堅定。

「乾媽，我知道妳最疼我了，妳一定知道我的想法，對不對？讓我辦理出院吧！」小桐苦苦哀求。

「不行！這件事情至少也要經過妳爸媽的同意。小桐，是因為治療太痛苦嗎？」靜亞問。

「不是，我真的很想跳舞，那種感覺好輕鬆、好快樂。而且每天這樣化療所花的錢一定不少，這樣會給爸媽帶來困擾跟麻煩，但是跟他們講，他們一定不會答應。所以乾媽我拜託妳，幫我跟我爸媽講我病情有好轉，讓我出院繼續跳舞吧！」小桐繼續苦苦哀求著。

「但是……」靜亞面有難色的說。

「我們也沒有說謊啊！我經過化療之後的確精神有比較好，所以我拜託妳讓我回去跳舞吧！」

「我要跟妳的醫生商量過，確定妳沒事才可以。」靜亞的態度依然堅定。

靜亞說完便起身前往醫生辦公室。

「醫生，我想請問一下關於夏桐的病情，她可以暫緩治療辦理出院嗎？」靜亞問。

「剛好我正想去找你們談談這件事情。其實當醫生的一定會支持她接受化療，畢竟她的病情不是自己在家裡就能痊癒的。但是說實話，夏桐的病情已經可以不需要再治療了……」醫生說。

「什麼？您的意思是她的病情有好轉？」靜亞的心裡燃起一絲希望。

「不！她的癌細胞散佈的速度遠遠超乎我們這幾次治療的速度。如果將治療的時間排得緊密一點怕她的身體會受不了。在醫院裡的大家都知道她是個十分勇敢的女孩，一次眼淚都沒掉過，所以我們也不希望繼續折磨她了！除非奇蹟出現，不然她可能……撐不了多久了。所以如果她還有什麼沒完成的夢想跟希望，快帶著她去做吧！對不起，我們盡力了。」醫生嘆了一口氣。

「什麼？」這樣的消息猶如晴天霹靂，靜亞立刻拿起手機聯絡悅瑩和小桐的父母。

【第十二章】

了解真相

得知小桐病情的油桐村村民們，這天紛紛來到中央公園的油桐樹下，綁上自己每天為小桐祈禱的紙鶴，希望能有奇蹟發生。

不到一個禮拜的時間，整棵油桐樹都綁滿了各式各樣各種顏色的紙鶴。

「我們把這個場景拍下來吧！順便錄個影送給小桐為她打氣。」陳經理這天在村長辦公室裡提出自己的想法。

「這個不錯，小桐一個人在異鄉打拼一定很孤單，我們要讓她知道整個油桐村的人都全力以赴的支持她。」王大嬸也贊同陳經理的話。

「好，那我們就著手進行吧！」村長與小桐的父母也認為這是個好主意，紛紛加入拍攝影片的行列。

「為什麼要讓一個生病的人待在舞團裡啊？這樣不是會增加舞團的人事成本嗎？我們還要照顧她。」小桐歸隊的前一天，得知消息的葆妘和其他團員們紛紛私底下偷偷抱怨。

「就是啊！她以為自己是誰？需要呵護的公主嗎？這麼大牌。」其他跟葆妘站在同一陣線的團員們也跟著附和著。

「妳們有完沒完啊？」在一旁的培豪看不慣她們碎嘴，便開口說話。

「關你什麼事啊？」葆妘當然也不客氣的回嘴，之前的帳休想自己就這樣一筆勾銷。

「那又關妳什麼事？」培豪最討厭在背後說人閒話的行為。

「怎麼？捨不得喔？她是你的誰？你這麼關心她？」葆妘說。

「她是我的夥伴，是自從我加入這個舞團以來，跟我配合得最好、最有默契的一個人。」培豪說。

「你……」葆妘氣得說不出反駁的話，畢竟小桐加入舞團之前，跟培豪搭檔的就是葆妘。

「我是就事論事，妳那種狂妄的氣息還有姿態，是不會討人喜歡的。相較之下，小桐的善解人意跟體貼，不用跳舞就贏妳一大截了！妳以為妳身邊的那群人是真的喜歡妳嗎？要不是因為妳家有錢，常常拿很多東西來收買她們，妳以為自己可以有這麼多朋友嗎？」培豪劈哩啪啦的說了一大串。

「我……」葆妘無法反駁，因為培豪說的話字字切入她的心，這就是她交朋友的方式。

「哼！反正我是不會讓她歸隊的，就算她要回來，我也要讓她自己待不下這裡自動離開。」葆妘在心裡暗自這麼想著。

第二天一早，小桐依然是第一個抵達舞蹈教室的人，她換好舞衣正準備開始練習的時候，門「碰」的一聲被打開。

「喔！我還以為是誰呢？原來是消失很久的夏桐。既然歸隊了，那妳原本該做的事情可別忘了，這幾天大家連妳的工作部分都一起分擔，跳舞的興致都減了一大半。」開門的是葆妘，她早就料到小桐歸隊一定會維持之前的習慣。

昨天培豪的那番話對她絲毫也沒有產生任何影響。

「我……好吧！」

小桐雖然無奈，但她知道如果在這個節骨眼上跟其他人產生口角，那就別想練舞了，因為對方只會一直找自己的碴。

「還有，我們練舞室的毛巾只剩下幾條，髒的請妳拿去洗一洗，身為經理就該為我們服務。」葆妘邊說邊脫下外套，早就換好的黑色舞衣和紅色髮飾看在小桐眼裡更像是一隻要吞噬掉她的惡魔。

「我知道了。」此時的小桐只想快點離開有葆妘的地方。

隨著時間一分一秒的過，團員們也一個接著一個抵達舞蹈教室。

「唉唷！看哪！那不就是我們的『第一女主角』夏桐嗎？」葆妘趁著大家都到的時候，刻意指著正在整理毛巾的小桐說。

「咦？小桐回來跳舞啦？」其中一個女生說。

「跳舞？哼！打雜還差不多。」葆妘酸溜溜的說。

「詹葆妘，妳有完沒完？」剛進門的培豪看到這一幕，不禁怒火中燒。

「唉唷！白馬王子要來拯救公主了呢！好感人喔！」葆妘邊說邊拍著手，一旁的小桐聽在耳裡格外刺耳。

「小桐，我們走！」培豪拉起小桐的手，用跑的離開舞蹈教室。

「培豪！」

小桐就這樣穿著舞衣跟培豪快步離開教室。

「唉唷！等一下還要練舞呢！」跑到樓梯間時，小桐甩開培豪的手，擔心的說著。

「小桐，妳不要把葆妘剛剛講的那番話放心裡，葆妘只是忌妒妳而已。」培豪說。

「我知道，其實我多少可以理解她的心，因為我沒有加入之前，她都是在舞台上發光發熱的女主角，最亮眼、最搶眼、最引人注目。但是現在她卻只能擔任配角，這種心情我能體會的。」小桐說。

「就算妳能體會，也不能放任她這麼對妳啊！」培豪說。

「沒關係啦！我能跳舞就覺得很幸福了。」小桐笑著說。

培豪看著小桐笑得很開心，心裡感到很難過，因為他無法對小桐說，其實她的生命只剩下一點點的時間而已。

「回去吧！悅瑩老師會擔心的。」小桐轉身走回舞蹈教室。

「小桐、培豪，你們回來啦？剛好我有事情要宣布。」一回到教室就看到悅瑩集合所有的人。

小桐跟培豪便快步向前。

「今天全員都到齊了，趁著這個時候我想宣布一個消息。兩個禮拜之後我們將在國家音樂廳演出一場表演，到時候市長、市長夫人還有企業界的經理、總裁都會來觀賞。而這次的表演題目是《躍動的油桐花》，男主角由洪培豪擔任，女主角由夏桐擔任。請大家要努力練習，替我們的舞團綻放出最動人的光芒。」悅瑩開心的說著，還不忘給小桐一個勝利的手勢。

「老師！我有問題。」葆妘站起來說。

「怎麼了呢？」悅瑩疑惑的看著葆妘。

「為什麼不經由甄選決定女主角？我可以理解男主角是培豪，畢竟舞團裡就他一個男生，但是我們這麼多女生，為什麼女主角不經過甄選？」葆妘氣憤的說。

她從剛才悅瑩宣布女主角不是自己的時候，就惡狠狠的瞪著小桐。

「這是我的決定，你們只需要遵守就好。」悅瑩板起嚴肅的臉說。

「可是……」

「沒有可是，大家快點開始練習吧！這次演出要集合《睡美人》、《胡桃鉗》、《天鵝湖》三大芭蕾組曲的精華，還要加入街舞的音樂，我沒有太多時間陪你們耗。」悅瑩阻止葆妘繼續說下去。

「好……」團員們看見老師這麼嚴肅的樣子，也不敢多說什麼。

雖然接下來的日子只要悅瑩有監場，大家都很拼命練習。但是只要老師不在場，幾乎全部的女舞者都受到葆妘的影響，大家都不願意練習，更別說是配合小桐了。

「老師，我有事找妳。」這天看不慣這種情形的培豪，決定私底下去找悅瑩談談。

「哦?什麼事呢？」悅瑩放下手邊的工作，拉了一張椅子坐下。

「小桐的病況為什麼不告訴大家？」培豪開門見山的說。

「因為我怕小桐會從其他團員口中得知自己的病況。」悅瑩說。

「但是不知情的大家根本不願意配合練習，這樣就算小桐成為女主角又有什麼意義呢？」

「我會盡量待在現場監督練習，還是不要說吧！」悅瑩說。

「悅瑩，我覺得妳不講，事情反而會更糟，妳不如對妳的團員們動之以情吧！」此時靜亞推開門走進來。

「咦？靜亞，妳怎麼來了？」悅瑩拉了另一張椅子讓靜亞坐下。

「我也是來找妳商量小桐的事，她這兩天回家的精神並沒有很好，與其多讓她承受心理壓力，不如就老實跟妳的團員們講吧！」靜亞說。

「這……」悅瑩顯得有點猶豫。

「老師，妳如果再猶豫下去，對小桐只是造成更大的傷害。妳可以跟其他人說叫他們不要告訴小桐，但是……」

「好了，培豪，我自己有打算要怎麼做。你先出去吧！」當培豪說到一半時，悅瑩便阻止他繼續說下去。

「我……好吧！」培豪失落的起身離開辦公室。

一回到舞蹈教室，培豪看到小桐一個人努力的練習著，其他女生卻坐在一旁有說有笑，一副「我就是不練習，妳能拿我怎麼樣」的態度。

「小桐，我來跟妳練習吧！拋接的地方多練幾次會比較熟悉。」培豪刻意忽略那群女生，走到小桐身邊說。

「好啊！我正想練完這段去找你呢！」受到排擠的小桐非但沒有露出心情不好的樣子，反而開心的笑著說。

「各位同學請集合一下，老師有事情要宣布。」就在培豪跟小桐準備練習時，悅瑩跟靜亞從門外走進來。

「小桐，妳可以陪我去附近的便利商店買個飲料給大家嗎？」靜亞說。

「好！」小桐二話不說穿起外套就跟靜亞離開舞蹈教室。

「各位同學，老師今天要跟妳們談談夏桐的事情。」悅瑩坐在教室的最前方。

「老師！她有什麼好講的？既然妳都堅持她成為女主角，那我們也無話可說。」葆妘不服氣的說，語氣聽起來酸溜溜的。

「其實小桐那天昏倒後，送到醫院去檢查，發現她生病了。」悅瑩緩緩的說。

「嗤！」葆妘發出不屑的聲音。

「她的病可能沒有辦法醫治，也可能……永遠好不了。」悅瑩不理葆妘繼續說著。

「到底是什麼病啊？」其中一個女孩舉手問著。

「急性白血病，簡稱血癌。」悅瑩說。

「血……血癌？那會死的耶！」

「葆妘的媽媽好像就是因為血癌過世的耶！」

「我突然覺得夏桐好可憐喔！」

「對啊！我們是不是對她太壞了啊？」

悅瑩一說完，台下立刻窸窸窣窣的出現討論聲浪。

「醫生說小桐可能活不久了，她還能跳多久的舞沒有人能保證。這次的演出能完成小桐的夢想，也算是舞團送給她的禮物。」悅瑩說。

「憑什麼生病的人就要博得我們的同情？」在一旁的葆妘氣憤的說，但眼眶卻不自覺的紅著。

「如果因為生病就可以有特殊待遇，那我們這些力爭上游的人怎麼辦？」

「葆妘，論資質小桐並不輸給妳，論個性她比妳溫柔體貼更多，就算她沒有生病，女主角也非她莫屬。更

何況妳知道小桐的病是好不了的嗎？這段時間小桐對妳處處忍讓，有什麼好處都先讓妳佔走了。小桐也是人生父母養的，如果今天角色互換，妳覺得妳媽媽知道之後會開心嗎？」培豪在一旁插嘴說。

「你沒有資格講我媽媽！她跟我媽媽……才不能比呢！」葆妘突然大吼，嚇到幾個坐在她旁邊的女生。

「好了！不要吵了。」悅瑩阻止葆妘跟培豪繼續吵下去。

「葆妘，妳可以多體諒小桐一點嗎？妳的率性要是建立在懂事之上，我想妳在天國的媽媽知道妳的體諒與認同，一定也會感到很欣慰的。」悅瑩說。

「嗯……」

也許是因為想到媽媽，葆妘開始變得沉默。

「各位同學，血癌不是吃藥、休息、多喝水就會好的病，也許這是小桐最後一次演出。我知道妳們其實並沒有這麼討厭她，但是卻常常對她大呼小叫，這次就當作彌補她吧！妳們的人生不會重新來過，不要讓未來的自己後悔現在自己的決定。」悅瑩說。

舞蹈教室裡面瀰漫著沉悶的氣氛，幾個女生想到自己過去的行為都慚愧得低下頭；葆妘更是將頭撇開，倔強得不讓人看見自己掉落的眼淚。

「為了這麼善解人意的小桐，大家一起努力吧！」悅瑩笑著對大家說。

【第十三章】全力以赴

「從頭再來一次。培豪跟小桐，你們拋接的地方要再穩一點。」悅瑩說。

「好！」培豪跟小桐在這段時間已經培養出默契，連應聲都同時。

穿著一身潔白舞衣的小桐努力伸展著每一個動作，被指名為女主角，她感到十分開心，她全心全意的排練著，並謹記醫生的交代：小心翼翼不要跌倒。了解事情真相的舞團成員們也開始配合小桐，雖然葆妘的態度依然十分冷漠，但只要大家肯團結一起練習，對小桐而言就是最好的結果。

「為了油桐村的大家；為了自己；也為了乾媽跟悅瑩老師，我要努力！」小桐邊跳邊想。這幾天她不停練習，希望可以呈現最完美的演出。

「夏桐！我有事找妳。」這天練完舞之後，葆妘刻意在教室裡等小桐練完個人獨舞的部分。

「有什麼事嗎？」小桐擦了擦汗水說。

「這個給妳！」葆妘拿出一個紙袋說。

「這是？」

「健康食品。這是我媽生病那段期間，我爸買給她吃的，對精神多少有點幫助。雖然妳跟我媽媽生的病不太一樣，但是……妳就拿去吃吧！」葆妘說。

「謝謝！」小桐開心的接過葆妘的禮物，她沒想到葆妘竟然會送她東西。

「妳不要誤會。這只是我爸那時候買太多，沒有人吃，所以才給妳的。」

「葆妘，真的很謝謝妳！我們可以當好朋友嗎？」

「……喔！」葆妘沒有料到小桐會提出這樣的要求，把頭轉向另一邊。

「坐著吧！其實我要跟妳說對不起，因為我的加入反而讓妳沒辦法當女主角……」小桐走到窗邊坐下。

「嗯……」葆妘還是不發一語。自從媽媽過世之後，她就變得不擅長跟人聊心事。

「不過我想，我很快就會到天國去了，到時候妳還是會成為女主角唷！只是這段時間要麻煩妳多忍耐一點。」小桐說。

「妳……」葆妘驚訝的看著小桐，怎麼會有人面對死亡這麼不恐懼？

「呵呵！其實我早就知道我的病不會好了，從我生病的那一刻開始，我就知道好不了。但是在爸爸跟媽媽面前，我要堅強一點，這樣他們才會有希望。

人不就是靠著這樣的希望一直努力的嗎？」小桐看著窗外又大又圓的月亮說。

「妳……嗯……」葆妘不知道該說什麼，只是輕聲的應答。

「只是如果可以再給我多一點時間就好了，我很想活下去……真的很想活下去……」小桐低著頭，哽咽的說。

「唉唷！妳一定會痊癒的啦！」葆妘說。

「謝謝妳！現在的我一直很享受這樣的生活，每天可以無憂無慮的跳舞；可以享受音符在身邊跳動；可以完成自己的夢想，這種感覺真的很棒！」

「妳怎麼一下子樂觀，一下子悲觀啊？」

「因為樂觀會帶來快樂，悲觀會帶來憂傷呀！我止不住我的憂傷，只好努力製造快樂，不然我怕妳會被我傳染負面情緒。」

「其實……我媽媽生病住院的時候，也跟妳一樣。她跟我說人生就這麼短短幾十年，如果不連她的份一起努力活下去會很對不起她。所以我很努力的想要在台上發光發熱，我要讓她知道，我沒有她在身邊我也做得到。」葆妘一口氣說完這些話後，自己也嚇了一跳，因為自己也不曾跟爸爸聊過這些事。

「這樣很棒呀！我相信妳媽媽會因為有妳這個女兒而驕傲的。」

「妳真的這麼覺得嗎？」

「嗯！因為妳跳得很好呀！只是妳不要給自己太多的壓力。跳舞是一件很快樂的事情，要沒有煩惱才能把精華跳出來！」

「其實我很羨慕妳，有爸爸也有媽媽，還有這麼多愛妳的人，而且妳也這麼善解人意，重點是妳跳舞也跳得很好。」葆妘低著頭說。

「妳要覺得自己很幸運，至少妳還有健康的身體。」小桐說。

「是啊！那個……對不起，以前常常欺負妳。如果我家沒有錢，那我一定一點價值也沒有。」葆妘繼續低著頭說，話中充滿許多不自信跟不安全感。

「葆妘，人的價值不是靠著誰喜歡妳、誰記得妳、誰愛妳而決定的，而是妳要很喜歡自己。妳不需要做出多偉大的事情，只要做好自己『小齒輪』的角色，這樣就是有價值。」小桐說。

「我……對不起……對不起！我真的很怕一個人的感覺，我怕寂寞又怕孤單。自從媽媽過世之後，我覺得天下的人都不了解我，所以當我看到妳這麼受歡迎，我怕我會變成一個人，才這樣一直欺負妳。對不起！真的對不起。」葆妘一邊說一邊哭。

「沒關係啦！現在當好朋友就好啦！妳不會是自己孤單一個人，因為仔細體會妳的身邊，還有很多人愛著妳呢！不過妳要答應我，如果哪天我真的去當天使了，妳要把女主角的位置顧好喔！」小桐笑著說，臉上淺淺的酒窩散發出溫柔的氣質。

「那還用妳說！現在是暫時借妳！哪天我一定會討回來的。」葆妘也破涕為笑，她一直都知道自己沒有那麼討厭小桐，只是害怕被取代而已。

「一言為定喔！」小桐伸出手比出「六」的手勢。

「一言為定！」葆妘跟小桐兩個人笑著「打勾勾」。這一勾，化解葆妘對小桐的偏見。

「時間不早了，我要快點回家，不然乾媽會擔心！妳不走嗎？」小桐站起身。

「我想再練一下！」葆妘說。

「那明天見囉！」小桐笑著穿上外套，離開舞蹈教室。

「我回來囉！」到家的小桐顯得有些疲憊，還好靜亞家在舞蹈教室樓上，搭個電梯就會到。

「小桐，妳回來啦？快來看看這個！」靜亞跟悅瑩看到小桐回來興奮的叫著她。

「咦？悅瑩老師，妳也在呀？」小桐好奇的走到客廳。

「來找妳乾媽串門子，順便想想音樂。」

「我覺得音樂可以用《胡桃鉗》和《天鵝湖》的主旋律，再加上一點霹靂舞的節奏。這樣可以有更多動作可以用。最後再回到古典的部分，可以用《睡美人》的主旋律，然後從台上跳下來，培豪接住我！這樣應該就搭得上。」

「不錯耶！小桐妳真的很有天分。」悅瑩邊說邊在電腦上剪輯音樂。

「咦？這是什麼呀？」

「這是從油桐村寄來的喔！快來看看！」靜亞把光碟放入自己的電腦裡。

光碟一放入之後，電腦螢幕上出現一行字：「給親愛的小桐：努力成為自己夢想中的那個人吧！躍動吧！漫舞精靈。」

「小桐，我是妳最愛的村長爺爺。還記得小時候妳問我這是什麼花嗎？」首先登場的是村長，手中還拿著一朵油桐花。

「希望妳別忘記油桐花的花語是『漫天歡喜』。不管遇到什麼困難，都要讓自己像油桐花一樣，潔白而常保歡喜心，上天會眷顧妳的！」

接下來鏡頭帶到中央公園的大樹，出現王大嬸的身影。

「小桐妳看！這些都是油桐村的大家替妳摺的紙鶴，有三千多隻呢！我們把它用線串起來，掛在大桐樹上。大家都在為妳祈福喔！所以妳也要加油，王大嬸還等妳回來吃我包的粽子呢！要努力喔！小精靈。」

說完鏡頭一轉，立刻跳到小桐以前的家門外。

「小桐，還記得我們嗎？」眼前出現的是把小桐的家買走的那對夫婦。

「妳要努力加油喔！如果妳讓這個小小的油桐村因為有妳而驕傲，我相信奶奶的在天之靈也會很開心喔！這棟房子會等妳來贖回去，不會再轉賣了！所以妳一定要努力對抗病魔，知道嗎？加油。」那對夫婦說完還比了「加油」的手勢。小桐看到這裡已經熱淚盈眶，她不知道原來油桐村的大家這麼用心。

「小桐，爸爸的事業已經東山再起了。雖然現在還是要拄著拐杖，但是我好很多了唷！我和妳媽媽每天都很忙碌呢！妳在台北也要努力加油，妳是我們最引以為傲的女兒。」接下來的畫面是媽媽挽著爸爸的手。

「夏桐！加油！加油！加油！加油！」最後一幕回到中央公園大樹前，幾乎全部的油桐村人都到了，大家一起喊出「加油」，這樣的舉動讓小桐的淚水瞬間潰堤，哭成淚人兒。

「小傻瓜，這樣就很感動呀？那如果妳看到這個，不就要『淚淹金山寺』啦？」靜亞看著小桐的淚水不停滑落，從皮包裡拿出一個牛皮紙袋。

「這是？」小桐用手擦乾眼淚問著。

「妳打開就知道啦！」靜亞故意賣關子說。

小桐打開紙袋，裡面是一本雜誌。

「這是？」小桐不解的問。

「我之前開會的時候有提出以妳為封面人物，開創一季新的題材。這個方案被主任採用，這就是樣書，妳可以看看。」靜亞說。

「哇……好棒喔！」小桐看得目不轉睛，從來沒想過自己可以成為雜誌的封面，而且還是穿著舞衣。

「小桐，這個是可以支付薪水的喔！因為有妳的肖像權，而且妳也幫我很多忙，所以不會虧待妳的！現在我來幫妳拍攝一段影片吧！用來勉勵跟妳一樣的孩子，妳覺得好不好？」靜亞拿起攝影機問。

「可是我不知道要講什麼……」小桐說。

「說妳想說的話就好。」靜亞架設起攝影機說。

「把每天都活成最後一天，努力、認真就會閃閃動人。」悅瑩在一旁一邊剪接著音樂，一邊說。

「乾媽！悅瑩老師！謝謝妳們！」小桐感動得在心裡說出這樣的話，只是她知道自己能這樣看著乾媽跟老師的時間已經不多了！

五月雪

【第十四章】

「小桐！小桐！妳上雜誌封面了耶！」這天一大早，培豪拿著在便利商店買的雜誌衝進教室。

「什麼？夏桐上雜誌封面？我要看！我要看！」

「我也要看！」

「培豪，快點借我看！」幾個女生聽到培豪大喊，衝到他前面將他團團圍住，爭相搶看雜誌。

「不要搶！不要搶！會破啦！不要搶啦！」培豪看著自己買的雜誌被那群女生搶來搶去，也跟著著急起來。

「有什麼好搶的？來！每人一本！讓妳們看看我們舞團也有名人。」從門外走進來的葆妘抱著一箱雜誌，發給舞團成員一人一本。

「哇！詹葆妘，妳什麼時候這麼慷慨啦？」培豪在一旁難以置信的看著。

「我家有錢你管我，而且我本來就很大方。」葆妘撥了一下長髮說。

「是嗎？那妳什麼時候開始這麼關心小桐的事情啊？該不會又要找她的碴吧？」培豪不放心的問。

「你也太『低估』我了吧！找碴需要花錢嗎？更何況我們現在可是好朋友呢！」葆妘邊說邊走到小桐身邊，用手勾住小桐的脖子說。

「朋友？妳們什麼時候這麼好了？」培豪一臉驚訝的問。

「關你什麼事呀？話很多耶！」葆妘給了培豪一個白眼。

「呵呵呵！你們就不要再鬥嘴了啦！就快演出了，還是快點來排練吧！」小桐開心的說。

「好！各位同學，練習啦！還拖拖拉拉？這樣要怎麼給人精彩的表演呢？快點動起來！動起來！」葆妘拍著手催促其他舞者收起雜誌，趕緊配合小桐跟培豪練習。

「葆妘今天怎麼啦？怎麼那麼主動？」

「對啊！她平時不是很討厭小桐？怎麼今天主動配合她？」

「欸欸欸！妳們幾個在那裡碎碎唸什麼呀？快點過來練習啦！」葆妘看到其他成員竊竊私語，便走過去推著她們就定位。

「好好好！詹大小姐，您說的是。」其中一個短髮的女生站好位置後說。

「好了沒？我要放音樂囉！」培豪在一旁催促著大家。

「等一下！街舞的部分讓小桐一個人跳太單薄了！大家一起跳吧！反正舞步也沒有很難，難不倒我們這群天資聰穎的舞者，是不是？」葆妘看著小桐比了一個「讚」的手勢。

「葆妘，謝謝妳！」小桐自己也想不到葆妘有這麼大的轉變。

其實人群就像大海，好友就像漂流木。當自己掉進水裡後看到一根漂流木的時候，就會奮不顧身的抓住它，將自己的生命完全寄託在它身上。

「好了！定位預備！」培豪放出音樂，所有人就定位，隨著時而古典時而搖滾的音樂跟小桐翩翩起舞。

接下來的五天，小桐跟所有的舞團成員們非但處得融洽，還讓大家跟著自己融合古典跟現代的舞蹈元素。大家練習得很開心，這也是小桐進到舞團中最開心的時光。經過努力練習過後，終於到了要表演的前一天晚上。

「咳咳咳！咳咳咳！」當天小桐很早就入睡了，為了要養精蓄銳以呈現更完整的表演。但是到了半夜，靜亞卻從小桐的房間裡聽到咳嗽的聲音。

「小桐！小桐，妳怎麼了？」穿著睡衣的靜亞打開燈問。

「我……」不開燈還好，一開燈簡直嚇壞靜亞了。小桐的床上、手上、嘴邊沾滿了鮮紅的鮮血，臉慘白得跟吸血鬼一樣。

「妳怎麼了？天呀！我得帶妳去掛急診。」靜亞一下子反應不過來，呆了好幾秒才回過神。

「乾媽……沒關係啦！不用去醫院，我休息一下就好。明天還有表演……咳咳咳！」小桐不說話還好，一說話咳得更厲害，這一咳竟然又咳出血來。

「不管了！快點，我打電話叫救護車，妳撐著點！」靜亞拿起電話連忙撥一一九。

「夏桐，明天是妳最後綻放生命力的機會，妳準備好了嗎？」模糊之中，小桐看到另一個自己，那個在火車上遇到的「另一個自己」。

「明天……明天……練習這麼久不可以功虧一簣呀！我一定要振作！再給我一點時間……拜託……」小桐在床上一邊咳嗽一邊祈禱著。

此時救護車「喔咿喔咿」的抵達靜亞家，又「喔咿喔咿」的快速將小桐載往醫院。這天晚上，小桐展現自己生命力的強韌度。

「靜亞！靜亞！」隔天一早，靜亞將小桐送達表演場所後，又回到出版社打算交代一些事情再趕回表演場所，卻被一陣急促的呼喊聲叫住。

「主任，怎麼了？」原來是主任，靜亞好奇的看著她想知道到底怎麼了。

「這期的雜誌，才剛發行第一集，就引發網友熱烈討論。妳寫的那篇文章還在社群網站跟各大網站上被轉載超過六十萬次了！還有這期的銷售量是去年春季銷售量的三倍！妳看。」主任不停的在電腦螢幕上秀出這次的「戰績」。

「而且還有很多人寫信進來，想知道更多夏桐的故事。」主任興奮的說。

但是靜亞卻一點喜悅都沒有，滿心擔心小桐的她只想趕快到小桐身邊。

「聽說夏桐今天的演出盛況空前、一位難求，連台北市長與市長夫人都會出席呢！」主任看著網路上的熱烈討論，嘴角笑得很開。

「主任，如果沒什麼事情我要先走了喔！我怕趕不及小桐的表演。」靜亞拿起包包往停車場走去。

此時在國家音樂廳正準備表演的每個人都好緊張。從來沒有這麼多人來觀賞舞團的表演，更別說市長、市長夫人、知名企業的董事長們都來了。一樓的場地座無空席，連二樓的座位都快滿了。

「啊！」在後台的小桐發現爸爸、媽媽還有哥哥們以及油桐村的大家都坐在中間的觀眾席，那一大片都是油桐村的人，連乾媽靜亞也坐在媽媽旁邊。

這輩子最愛的人都來了，自己非得努力完成這場演出才行，縱使身體多麼不舒服，咬著牙也要撐下去！

「各位同學集合！」此時悅瑩老師發出口令。

「不要太緊張，等一下就跟平時練習的時候一樣。小桐，妳轉圈的部分一定要一氣呵成！那裡是全場的高潮。」悅瑩老師再三對小桐耳提面命。雖然她知道小桐的身體狀況，但是現在如果因為擔心而刪掉小桐獨舞的部分，一定會引起小桐的反彈，還不如就順著她吧！

「培豪，你一定要好好接住小桐，然後要用力拉住她！葆妘，妳等一下伸展的部分跟平時練習一樣就好。如果有人跳錯或是忘記舞步沒關係，繼續跳下去，知道嗎？」悅瑩對著舞者們說。

「好！」大家異口同聲的回答。其實大家心裡都有個底，不管是誰都一定要讓小桐完成這場演出。

「一、二、三，加油！加油！加油！」悅瑩跟所有人一起喊了口號之後，便帶著一半的人到舞台的另一邊。

「各位貴賓、台北市長、市長夫人以及各位企業界的大老闆們，我是悅瑩舞團的負責人李悅瑩。大家午安、大家好。」悅瑩拿起麥克風走到舞台中央。

「好！」台下響起整齊的問候聲。

「今天很榮幸各位能蒞臨觀賞今天的表演，我感到十分開心。我也知道很多人都是被好書好誌出版社所出版的第一三五期雜誌封面人物介紹所吸引，封面的主角今天在這裡會為大家帶來視覺的饗宴以及古典與現代的衝突美，請大家拭目以待。現在讓我們以最熱烈的掌聲來歡迎這群平均年齡不到二十歲的小精靈們，為各位帶來《躍動的油桐花》。」隨著悅瑩的介紹，台下響起一陣掌聲，燈光一暗，《胡桃鉗》的音樂也跟著播放出來。

所有的舞者慢慢的出場，以小桐為中心成為一個「人」字形。小桐的臉上掛著笑容，專注的樣子讓所有人看得目不轉睛。

「這樣真的好嗎？妳確定不要告訴小桐的父母？」悅瑩問著悄悄來到後台的靜亞。

「要是說了，小桐今天就沒辦法上台了！我擔心今天如果取消演出，她永遠都沒辦法跳舞了！」說著說著靜亞哽咽了。

「上天真不公平，這麼快就要帶走她，希望她今天可以平安無事。」悅瑩也感到一陣鼻酸。

「她昨晚那樣子真的嚇到我了，真的好想讓她就待在醫院裡接受治療。」靜亞眼泛淚光的說。

「醫生說什麼？我趕著回來替其他人打點一切，沒有聽到。」悅瑩問。

「醫生說，小桐的血壓不太穩定，而且因為練習過頭，身體抵抗力又再大大的降低。就算今天能演出完整的表演，之後也一定得住醫院觀察。雖然……雖然……」靜亞說到這裡便說不下去了，她用手摀住自己的嘴，兩行淚水從兩旁滑落。

「這是我們所無能為力的。小桐的病情惡化得太快，連醫生都束手無策。她現在能站在台上跳舞已經是奇蹟了，況且她一定不希望屬於自己的舞台讓葆妘代替。等一下演出結束後我必須上台致詞，所以小桐……就交給妳了……」說著說著悅瑩的視線也跟著模糊起來，淚水不聽使喚的硬是要奪眶而出。

小桐在台上盡心盡力的跳著，流行的元素加上古典的優美，整場芭蕾舞變得與眾不同。

就在最後十六個小節的時候，小桐開始轉圈，她的呼吸變得急促，她看到另一個自己慢慢的朝自己走來，她看到自己好像長出翅膀一樣要往上飛翔，她不停的旋轉轉上高台，在最後一個音符落下的時候，小桐從高台上一躍而下，用自己大大的笑容完美的結束這場表演。

【第十五章】小桐的保佑

「安可！安可！」結束舞蹈後，布幕一拉起，台下爆出如雷的掌聲，坐在最前排那些「重量級」的人物都站起來向小桐致意，因為小桐帶給大家不一樣的芭蕾舞。

「請問是李悅瑩小姐嗎？」悅瑩與其他成員下台一鞠躬之後，馬上有兩三位西裝筆挺的男士來到後台。

「我是，請問有什麼事情嗎？」悅瑩問。

「我代表我們董事長邀請您參加我們明年的春季晚宴以及今年度的尾牙活動，剛才精彩的演出令他印象十分深刻，至於演出費不會讓您失望的。」那位男子說。

「我們董事長也是，他希望可以邀請您到美國的分公司進行演出，也在事先已經擬好一份星馬巡迴演出，希望有合作機會。」另一名男子遞出名片說。

「還有我們，俄羅斯那邊……」

「各位！我很感謝你們的賞識。不過我現在有要緊事在身，可以過幾天我再與你們連絡嗎？」對於這些機會，悅瑩是又驚又喜，因為她終於重振舞團，將芭蕾舞結合街舞，足夠躍上世界舞台，但是她更掛心的是自己的愛徒——夏桐現在的狀況。

拿起外套跟包包，悅瑩趕往醫院。

時光飛逝，過了一年多，又到了桐花盛開的季節。這天靜亞來到油桐村，她站在中央公園的大桐樹下感受這薰風吹拂的季節。

「妳到多久啦？」身後傳來一個女人的聲音。

「有一會兒了，妳還是不改遲到的壞習慣呀！」靜亞回過頭，悅瑩迎面走來。

「最近比較忙嘛！自從小桐結束演出之後，就受邀到許多地方演出，舞團的經費越來越多，也越來越多人加入舞團。這都感謝我們的王牌——夏桐。」悅瑩笑著說。

「是呀！感謝上天給她奇蹟，讓她完成跳舞的夢，她的故事經過改編之後十分大賣呢！」靜亞笑著說。

「出版社主任應該很喜歡妳吧！妳也是出版社的王牌呀！那三季故事都獲得廣泛的迴響，油桐村也因為小桐變成觀光勝地呢！」悅瑩說。

「是呀！本來默默無聞的地方，竟然可以因為小桐而變成熱門旅遊景點，真是不可思議。」靜亞說。

「時間差不多了，小桐還在等我們，快走吧！」悅瑩催促著靜亞。

她們從油桐小學旁的小徑沿著柵欄往上走，穿過灌木叢後來到半山腰，從那裏往下看可以看到整個油桐村的風景，兩側的油桐花隨風飄揚，美不勝收。

「小桐，我們到囉！」靜亞喊著。

回應靜亞跟悅瑩的卻是滿山遍野的油桐花，還有快要憋死人的靜默。

「那天的救護車早就在旁邊待命了，小桐一結束演出，馬上送往醫院，結果還沒抵達醫院就因為多重器官衰竭……去當天使了……」靜亞的聲音變得哽咽。

「還好那時候有妳陪在她身邊，所以其實她一點也不孤單。可是我連她最後一面都沒見到……」想到這些悅瑩的聲音也跟著哽咽。

「那天我在救護車上一直說『小桐加油』、『小桐加油』，可是……妳能想像……小桐笑著閉上眼睛的那一瞬間……那眼神彷彿是要我安心一樣……這麼善解人意的女孩，上天就這樣帶走她……而且……而且看著她閉上眼睛的時候，我整個崩潰……」靜亞邊說邊擦著滴落的眼淚。

「今天是她的生日，開心點，一起祝她生日快樂吧！祝福她在另一個世界會是快樂的天使。」悅瑩抽了一張面紙遞給靜亞，自己則強忍住思念小桐的悲傷。

「大概是有小桐的保佑吧！所以油桐村變得這麼熱鬧！聽說她的哥哥還沒畢業就已經被大醫院簽下來了，另一個好像升官了！」靜亞吸了吸鼻子說。

「她爸爸的事業也東山再起，經營得有聲有色，真的是小桐保佑了油桐村呢！」悅瑩說。

「鈴鈴鈴！」此時靜亞的手機響了。

「主任，我是靜亞。」靜亞接起電話說。

「好，我會看的，謝謝主任。好，我們晚點見，掰掰。」

掛上電話，靜亞跟悅瑩互看一眼後笑了。

小桐的故事被拍成紀錄片，當初替小桐錄的影像幫了很大的忙，今晚正式播出第一集，靜亞跟悅瑩迫不及待的想把小桐的故事分享給全世界的人。

「走吧！不要錯過了！」悅瑩說。

「如果您曾經難過、曾經低落、曾經想要了結自己，那麼今天『勵志小品』要帶您一起來回顧一朵美麗油桐花的一生。請進VCR。」節目一開始，主持人說著開場白，坐在電視前面的人可以看到畫面跳出一朵潔白的油桐花，接著黑色的背景出現白色的字。

「這朵勇敢、可愛、認真的油桐花，努力的綻放屬於自己的美麗，隨著花開花落，她已經回到天上成為天使，但是她有一個故事，想要告訴你們。」

「我叫夏桐，今年十七歲，醫生說我得了白血病，不知道還可以活多久。我最大的夢想就是成為一個芭蕾舞者，自由自在的跳舞。我好想活著，因為我真的很熱愛生活。」影片中的小桐這麼說著。

接著小桐生活中的點點滴滴完整的被記錄下來。

看到這裡靜亞跟悅瑩眼眶都紅了，現在也只能用這樣的方式去回憶那個可愛、善良又勇敢的天使。

接著螢幕上出現一段話，說話者正是小桐。

「我的生命，沒辦法延續的部分，希望你們可以替我完成。要好好愛惜自己、珍惜自己。其實好多次我告訴自己，我不要當超人了；好多次我就是想要放棄、想躲在角落畫圈圈；好多次我想要回到家裡依賴著爸爸媽媽。可是我有著天生下來的倔強！沒有人可以替我堅強，我也不願意有人替我堅強。我只能一點一滴累積勇敢，然後從過程中找到義無反顧的勇氣，就算全世界的人都否定自己，我也會百分之百相信自己。我要去爭取我想要的一切，我是我自己的主宰，我會盡我所能去肯定自己。」小桐閃爍的眼神中散發出一種魅力。

「如果你的情緒沒有出口，那就替自己找一個吧！雖然這世上沒有你，地球依然轉動，但是在乎你的人如果沒有了你，他會很難過的，小齒輪還是會有小齒輪的功能嘛！我也正在努力的朝我的夢想奮戰到底，所以不要輕易對自己說放棄，事情總會有解決的方法，只要你好好的活著。」小桐繼續說著。

「沒有人能夠回到過去重新開始，但是每個人都可以從現在開始製造出一個新的結局。幸福其實離我們很近，只是我們常常會忘了靠近。」

「當戶外的雨落下，我們有傘；當心中的雨落下，我們有朋友還有家，所以你不會是孤單一個人，就因為不孤單，所以要好好活著。」

小桐笑開懷的樣子讓在電視機前面的靜亞跟悅瑩早已泣不成聲。

「不要為我而哭泣，我已經是天使了，但是妳們還活著，還有無限可能，努力去追求自己的夢想吧！繼續寫下屬於自己的故事，你會發現人生其實很精彩。」

電視裡的小桐繼續說著，此時的收視率已經遠遠超過同時段的偶像劇以及綜藝節目。

一個小時的節目漸漸進入尾聲。

靜亞跟悅瑩兩人拿著面紙不停的擦著臉上的淚水，她們相信小桐在天上一定會繼續保佑油桐村，所以為了小桐，她們也要在這條人生路上繼續努力的奮鬥，連同小桐的部分一起用力活下去。

「所以，請你幫我好好的活著，好嗎？」

節目的結尾，小桐的請求彷彿是在觀眾的心湖中投下一顆石子所泛起的漣漪，不停的擴大……

i-smart

智學堂

智慧是學習的殿堂

國家圖館出版品預行編目資料

油桐花女孩 / 紀維芳著. -- 初版.
-- 新北市 : 智學堂文化, 民102.03
面 ; 公分. -- (輕文學 ; 1)
ISBN 978-986-88880-9-8(平裝)
859.6　　　　101027218

輕文學：01

油桐花女孩

編　　著 — 紀維芳
出 版 者 — 智學堂文化事業有限公司
執行編輯 — 王成舫
美術編輯 — 蕭佩玲
地　　址 — 22103 新北市汐止區大同路三段194號9樓之1
TEL (02) 8647-3663
FAX (02) 8647-3660

總 經 銷 — 永續圖書有限公司
劃撥帳號 — 18669219
出 版 日 — 2013年03月

法律顧問 — 方圓法律事務所　涂成樞律師
cvs 代理 — 美璟文化有限公司
TEL (02) 27239968
FAX (02) 27239668

i-smart

智學堂

智慧是學習的殿堂

★ 親愛的讀者您好，感謝您購買 油桐花女孩 這本書！

為了提供您更好的服務品質，請務必填寫回函資料後寄回，我們將贈送您一本好書（隨機選贈）及生日當月購書優惠，您的意見與建議是我們不斷進步的目標，智學堂文化再一次感謝您的支持！

想知道更多更即時的訊息，請搜尋"永續圖書粉絲團"

您也可以使用以下傳真電話或是掃描圖檔寄回本公司電子信箱，謝謝！

傳真電話：（02）8647-3660

電子信箱：yungjiuh@ms45.hinet.net

姓名：＿＿＿＿＿＿ ○先生 ○小姐 生日：＿＿＿＿＿＿ 電話：＿＿＿＿＿＿

地址：＿＿＿＿＿＿＿＿＿＿＿＿＿＿＿＿＿＿

E-mail：＿＿＿＿＿＿＿＿＿＿＿＿＿＿＿＿＿＿

購買地點（店名）：＿＿＿＿＿＿＿＿＿＿ 購買金額：＿＿＿＿＿＿

職　業：○學生 ○大眾傳播 ○自由業 ○資訊業 ○金融業 ○服務業 ○教職 ○軍警 ○製造業 ○公職 ○其他＿＿＿＿＿＿

教育程度：○高中以下（含高中） ○大學、專科 ○研究所以上

您對本書的意見：

☆內容	○符合期待	○普通	○尚改進	○不符合期待
☆排版	○符合期待	○普通	○尚改進	○不符合期待
☆文字閱讀	○符合期待	○普通	○尚改進	○不符合期待
☆封面設計	○符合期待	○普通	○尚改進	○不符合期待
☆印刷品質	○符合期待	○普通	○尚改進	○不符合期待

您的寶貴建議：

告回信
隆郵局登記證
廣字第000152號

2 2 1 - 0 3

新北市汐止區大同路三段194號9樓之1

智學堂

智慧是學習的殿堂

編輯部　收

請沿此虛線對折免貼郵票，以膠帶黏貼後寄回，謝謝！

智慧是學習的殿堂

i-smart